Manfred Nietzelt

HÖR AUF DEINEN BAUCH

Kurzgeschichten

In steter Erinnerung an meinen besten Freund :

Klaus Richter

Du, stammst vielleicht vom Affen ab,

sprach der Vater zum Sohn,

ich jedenfalls nicht.

Inhaltsverzeichnis

Nächtliche Begegnung ....Seite 5
Tante Anna 14
Der Verlierer 20
Birkwitz 30
Fassungslos 76
Kaum zu glauben 82
Nachgedacht 103
Beim Friseur 110
Requiem für eine Trümmerfrau 115
Frieda 134
Ironie..153
Im Wald 161
Eine Hausbewohnerin 167 165
Oma mit dem Telefon 171
Mein großer Junge 176
Vor Weihnachten 222
Der Luftballon 228
Gute Reise 231
Zum guten Schluss........................246
Oktobermorgen 252
Ein Wort an den Leser 253

Nächtliche Begegnung

Nach einigen Anläufen, war es mir endlich gelungen den längst fälligen Brief, fertig zu stellen. Da er nun geschrieben war, wollte ich nicht wie es so üblich ist, diesen noch lange mit mir herumtragen. Ich würde ihn noch heute zum Briefkasten bringen, und zwar jetzt, sofort.

Beim verlassen des Hauses, stolperte ich fluchend über einen Berg von Pflastersteinen, welcher vor der Treppe zur Haustür lag. Zu allem Überfluss war ich hier im Freien, auch noch in einen Hexenkessel von Regen und Wind geraten. Das war ein Wetter für einen der Vater und Mutter erschlagen hatte, einfach zum Umkehren, grauenvoll. Am hellen Mond peitschten zerfetzte schwarze Wolken dahin, von den riesigen Tannen im Garten, krachte der abrutschende, schwere nasse Schnee auf die Erde. Es war schaurig schön hier draußen. Mir schien, als sei ich plötzlich Teil, einer der gewaltigen Wagner Opern. Die von der Schneelast befreiten Äste der Bäume, begannen im heulenden Wind um sich zu greifen, es war mir als würden sie mit geballter Kraft auf mich zu kommen. Ein Heer von fürchterlichen, mir einen Schreck einflössenden Walküren, begann angefacht durch den Wind, scheinbar einen gewaltigen 1000 stimmigen Chor anzustimmen. Das war kein Chor mehr, das klang schon wie ein fürchterliches erschreckendes Kriegsgeschrei.

   Jetzt wurde mir klar, dass Hitlers Seelenverwandtschaft zu Wagner nicht nur im Judenhass, sondern auch in dessen Musik lag. Nur in dem beide sinnlich den Gewalten der Naturkräfte folgten, fanden sie ihr verloren gegangenes, Selbstvertrauen für kurze Zeit zurück. Sie blieben trotzdem ein Leben lang , schwach und unberechenbar. Selbst Wagners Frau v. Bülow, gesellte sich zu den Beiden, vereint in ihrem Judenhass. Ein Problem, die gewaltige Musik Wagners zu lieben, ihn als Mensch jedoch in Zweifel zu ziehen.

Aber meine Wirklichkeit war jetzt eine Andere. Ich schlug angeekelt von dem Wetter, den Mantelkragen hoch, und öffnete nach wenigen Schritten, das quietschende Gartentor, lies es ins Schloss knallen und stand Mutter Seelen allein auf der finsteren Straße, welche ich nun mit eingezogenem Kopf, hinunter lief. Dicht an eine hohe

Grundstücksmauer gedrängt, bot mir diese ein wenig Schutz vor dem peitschenden Regen. Was hatte ich nur verbrochen, in dieser Nacht diesen Weg gehen zu müssen.

Da gab es noch eine Kreatur, die sich Gleiches zu fragen schien. Vor mir bemerkte ich eine kleine schwarze Katze, welche sich fast unsichtbar in der Dunkelheit, genau wie ich, an die Mauer gedrückt, vor mir langsam in gleicher Richtung bewegte.
Als ich sie einholte und stehen blieb, begrüßte sie mich mit einem kaum hörbaren, Herz zerreisenden „Miau" und bekann, als ich stehen blieb, wie verrückt durch meine Beine zu laufen . Wobei sie immer wieder eine acht beschrieb. Schließlich begann sie sich genüsslich an meinen Beinen zu reiben.
Was kam jetzt noch alles auf mich zu?

Trotz alledem, mir gefiel der kleine Kobold, es tat gut, endlich wieder einmal etwas Zuneigung zu spüren.

Seit meiner schweren Krankheit war es mir verboten, jegliche sexuelle Annäherung ohne den entsprechenden Schutz in Betracht zu ziehen. Schon allein die Tatsache an der Krankheit zu leiden, würde nicht nur Familie, und Freunde auf Abstand gehen lassen. Zu groß war die Angst vor Ansteckung. Aber oftmals gleichgroß war die Unwissenheit bei dem Krankenhaus und Pflegepersonal. Sollte Liebe, menschliche Wärme und Geborgenheit für mich für immer Tabu sein? Aber noch konnte ich das Geheimnis hüten. Zunehmend merkte, dass mir die Medizin, welche die Krankheit zwar in Schach hielt, mir aber mit ihren vielfältigen Nebenwirkungen sehr zu schaffen machte.

Ich litt am meisten daran, mit niemanden darüber offen sprechen zu können. Und dann immer noch die quälende Frage, warum gerade ich. Eines Tages würde ich Hilfe brauchen, nur wusste ich nicht von wem. Sollte ich mich meinen Eltern, Freunden, oder gar Gott offenbaren? Sie alle wären überfordert. Eltern wollen Enkel. Freunde wollen ihr Leben genießen, und können keinen Kranken auf Dauer gebrauchen. Die Kirche hat mit sich selbst, und ihren Sexskandalen zu tun. So bleibt ihr nur die Flucht nach vorn, indem sie diese, auch meine Krankheit, als Lustseuche verunglimpfte.

  Aber was machte ich mir heute bei diesem Wetter Gedanken um Dinge, welche sowieso anders kamen als gedacht.

Noch hatte ich Arbeit, noch konnte ich mir selbst helfen, aber ich bemerkte schon immer öfter wie die Angst vor der Zukunft in mir hoch kroch, und das es schon depressive Phasen gab, gegen die ich allein bald nicht mehr an kam. Ich erreichte so in Gedanken verstrickt, mit meiner neuen kleinen Liebe total durchnässt den Briefkasten.

Dieses kleine Vieh machte mich irgendwie glücklich, ich sprach auf sie ein, sie rannte davon, kam wieder um zu schmusen, sie machte mit mir ein Katze und Maus Spiel. Manchmal hatte ich Angst, ich könnte sie in der Dunkelheit verlieren.

Schließlich konnte ich meinen zum Glück trocken gebliebenen Brief einwerfen.

Plötzlich hatte ich es eilig, ich wollte zügig nach Hause. Die nasse Kälte hatte mich eingenommen. Ich war müde, der Weg war noch lang, und das Wetter verschlechterte sich zunehmend.

Immer wieder begann ich meinen Weg im Laufschritt fort zu setzen, und stolperte auch noch verärgert über die kleine Katze. An der Stelle, an der wir uns begegnet waren ermahnte ich das Tierchen, mich nun endlich zu verlassen. Nach meinem dafür halten, sollten sich hier unsere Wege trennen. Das war aber nicht der Wunsch der Kleinen. "Wieso läufst Du mir noch hinterher? Ich kann keine Katze gebrauchen, " herrschte ich sie an. Wütend warf ich das Gartentor zu, aber der kleine Teufel stand schon an der Treppe zur Haustür.

Ich brannte das Hauslicht an, sah wie dieses zwei funkelnde, vor mir stehende gelbe Diamanten, beleuchtete.

Wie wahnsinnig geworden, bückte ich mich langsam, nahm einen der vor der Treppe herum liegenden Steine auf , und schleuderte ihn wie verrückt, mit voller Kraft in Richtung der erwartungsvoll auf mich gerichteten Augen, des keinen Koboldes.

Ein unvergesslicher greller Schrei wurde vom Wind in die Nacht hinaus getragen. Wie versteinert saß ich im dunklen Treppenhaus, unfähig mich zu bewegen. Hatte diese elende Krankheit, die man sich selbst holt aber nicht bekommt, mein Wesen schon so verändert.

Jetzt wünschte ich mir, damals ein Kondom benutzt zu haben, dann wäre ich heute nicht an HIV erkrankt, und hätte ihnen eine schönere Geschichte erzählen können. Schade.

Tante Anna

Sie war meine Lieblingstante, meckerte nicht an mir herum, sie nahm mich wie ich war, aber nicht ohne mir ab und an, einige Benimmregeln unter zu jubeln. Zwar bemerkte ich ihre Weiberschläue. Da sie alles liebevoll verpackte merkte ich natürlich nichts. Bei Ihr lernte ich so alte, heute längst vergessene Reime wie:

    In Leipzig da ist es lustig,
    da gibt es ne Pferdebahn,
    das eine Pferd das läuft nicht,
    das andere das ist lahm.
    Der Kutscher der ist bucklig,
    die Räder die sind krumm,
    und aller fünf Minuten,
    da kippt die Kutsche um.

So etwas merkt man sich als Kind sofort, und vergisst es nie im Leben.
Am schönsten fand ich das Spiel, bei welchem ich meine Hand auf den Tisch legen musste, und sie dann ihre verschrumpelte, weiche warme Hand auf die Meine legte. Dann wieder ich, dann wieder sie. Dann zog immer der unten liegende vorsichtig seine Hand aus dem Stapel hervor. Dieses Spiel war für sie und mich wunderbar. Diese innige Berührung tat uns Beiden gut. Leider habe ich den Spruch vergessen den sie dazu sagte, manchmal verfitzten sich unsere Hände regelrecht, da sie den Spruch immer schneller auf sagte. Bei Ihr verging die Zeit wie im Flug. Wollte sie uns etwas Kochen, dann musste sie erst einen Groschen in die Gasuhr werfen. Das Gaswerk ging auf

Sicherheit, oft konnten die armen Leute Ihre Gasrechnung nicht bezahlen.

Als ich älter, und ihr Rheuma immer schlimmer, und fast unerträglicher wurde, besuchte ich sie öfter um ihr zu helfen, wobei auch immer. Dabei erzählte sie mir auch manchmal aus der Zeit, als Deutschland noch einen Kaiser hatte. Die Mädchen arbeiteten alle in einem Pflichtjahr auf dem Lande, und lernten neben der Hauswirtschaft, auch Dinge des täglichen Lebens, welche sie befleißigen sollten, gute Deutsche Ehefrauen zu werden.
Natürlich hatten die jungen Leute auch schon damals ihren Spaß am Leben.
Anna und ihre Freundin, eine andere Magd, teilten sich ein Schlafzimmer. Während Anna nicht auf jeden Dreck der Knechte herein fiel,

war die Andere etwas schwer von Begriff, was die Kerle natürlich ausnutzten.

So auch eines Abends. Anna hatte der anderen Magd eingeschärft, egal was heute Nacht passiert, auf keinen Fall wird die Tür geöffnet. Die andere Magd hatte verstanden.

Friedlich schliefen die Mädchen ein, alles blieb ruhig, bis es auf der Holztreppe leise knarrte, Anna war sofort gewarnt, aber nichts passierte. Auch gut. Dann klopfte es heftig an der Tür, der Name der anderen wurde laut gerufen: „Komm schnell die Kuh Rosa kalbt, schnell, schnell, mach auf, komm wir müssen in den Stall." Mit einem Satz war die Gerufene an der Tür, entriegelte diese, und die Knechte stürzten in die Kammer und über die Weiber her.

Bei dieser Geschichte konnte sie sich ausschütten vor lachen.

In den 20iger Jahren nach dem ersten Weltkrieg, war es üblich in der Wohnung einen Schlafburchen zu beherbergen. Das war ganz einfach, wenn Alfred ihr Mann zur Arbeit ging, wurde das noch warme Bett vom Schlafburschen benutzt. Der zahlte ein kleines Geld und konnte sich ausschlafen. Ich hatte bedenken im Hinblick auf die Hygiene, und gab zu bedenken, das es doch ein Glücksspiel war, an welchen Kerl man da vermietete. Wer weiß was der für Flöhe, Läuse und Krankheiten, mit ins Bett brachte.

Jetzt schmunzelte Tante Anna verwegen in sich hinein:" Na hör mal, die Kerle suchte ich doch selbst aus, nicht mein Alfred. Diese Jungs standen alle gut im Futter, und waren schmucke Kerle, gut an zu schauen. Man konnte sie nicht von der Bettkante werfen. Glaube mir."

Wenn ich heute, nach vielen Jahren, mal wieder an ihrem Haus vorbei komme, schaue ich voller Wehmut nach oben und sage, mich vergessend, manchmal sogar laut:
„War schon richtig altes Mädchen, Du hast nichts anbrennen lassen, heute fragt keiner mehr danach.
Na und leicht hattet ihr es damals wirklich nicht." Ich grüße dann nach oben, da wo sie, und wir einst so glücklich waren. Tschüss altes Mädchen.

Der Verlierer

Als ich 14 Jahre alt war, sagte meine Mutter zu mir: "Du lernst Stahlformenbauer, in der Spritze in Heidenau, ich kenne da einen Pförtner, der regelt das." Als ich fragte: "Stahlformenbauer, was ist denn das?" War die Antwort: „Das weis ich auch nicht, das wirst du schon sehen." Ende der Berufswahl.

So stand ich dann mit einigen dürren jungen Kerlen am 15. September 1951 auf dem Fabrikhof einer SDAG. Was das wohl war? Ganz einfach, eine Sowjetisch – Deutsche - Aktiengesellschaft, mit einem Sowjet und einem Deutschen Direktor an der Spitze. Die Hälfte der anspruchsvollen Produktion ging in die SU, als Reparation. Schließlich hatten wir ja den Krieg verloren. Wir im Osten zahlten auch die Kriegsschulden des Westens, an die Russen. Schlappe 800 Milliarden. Damals muss wohl der Witz entstanden sein, in welchem der Sowjet zum Deutschen sagt :„Jawohl, das Geschäft machen wir, und dann teilen wir brüderlich." „Ne ne," sagte der Sachse: "Wir machen Halbe, Halbe. "

Im dritten Lehrjahr, am 17. Juni 1954, geschah etwas für uns alle Unerwartetes. Wir Lehrlinge fuhren mit der Straßenbahn Richtung Stadtzentrum. Unsere Berufsschule begann 13 Uhr. Sie wurde wegen der großen Zerstörung, ganztägig genutzt. Am damaligen Fucikplatz, da wo heute die gläserne Automanufaktur von Volkswagen steht, verließen wir wie immer, die Straßenbahn, um den Weg zur Schule, immer noch zwischen Bergen von Trümmerschutt, gemeinsam fort zu setzen.

Doch daraus wurde nichts. Es war kurz nach 12 Uhr Mittags, als uns Lautsprecher aufforderten auseinander zu gehen, bei einer Personenansammlung von mehr als drei Personen, wird geschossen. Und das die Sowjets nicht mit heißem Käse herum ballerten war uns sofort klar, also einzeln zurück in die Straßenbahn.

Was mich heute noch fasziniert, mir manchmal sogar Angst macht, ist die Tatsache, dass sich auf der Fahrt in die Innenstadt, die Straßenbahn an jeder Haltestelle im rasantem Tempo füllte. Erst stiegen die vom Operettentheater zu, dann die Kollegen der Dresdner Gardinenmanufaktur, und überall sah man Marschkolonnen von Menschen, sogar mit Transparenten. Das war unheimlich, dieses Tempo, diese potentielle Gewalt, plötzlich war sie da. Wie aus dem Nichts, entstand in kürzester Zeit, ein gewaltiger Aufstand im Lande der Arbeiter und Bauern. In unserem Betrieb dauerten die Auseinandersetzungen drei Tage, bis endlich alle Demonstranten wieder frei waren, solange hatten wir im Formenbau die Arbeit verweigert.

Eine Ungeheuerlichkeit, und undenkbar, im eigenen Arbeiter und Bauern Staat. Das war der erste und sofort gescheiterte Versuch etwas von dem Druck des Sozialismus ab zu schütteln. An die, welche damals ihr Leben gaben, denkt heute kein Mensch mehr, längst Geschichte, aus und vorbei.
Natürlich wurden die Zügel jetzt straffer angezogen, Jeder bewachte jetzt Jeden. Die Arbeitsnormen stiegen ständig.

Als wir ausgelernt hatten, gingen die meisten der jungen Gesellen in die aus dem

Boden gestampfte Flugzeugindustrie. Eine riesige Chance in Dresden, oder Pirna, direkt vor der Haustür. Ich wurde als Einziger nicht genommen, ich hatte Großeltern in Westberlin, durch sie galt ich als nicht zuverlässig. Ich war zu unsicher, man traute mir nicht über den Weg. Der Aufbau des Sozialismus verlangte linientreue, aber mit Verbindung zum Klassenfeind, unmöglich. Dieser Umstand machte mir in meiner ganzen beruflichen Laufbahn zu schaffen, selbst als meine Großeltern längst Tot waren, musste ich sie noch in jedem Fragebogen angeben. Deutsche Gründlichkeit.

  Meine Kumpels gingen also weg, in den Flugzeugbau, ich fand einen neuen Freund im Nachbarhaus, er ging auf die Oberschule, und war katholisch. Ich war Arbeiter und aus der Kirche ausgetreten.

Obwohl wir auf den ersten Blick, gar nicht zusammen passten, verstanden wir uns prächtig. Sein Vater war auch gefallen, er musste mit seiner Mutter aus Ostpreußen fliehen, und waren froh ihr Leben gerettet zu haben. Sie hausten in einem Loch über einem Schuppen, was man heute gar nicht mehr für möglich hält. Aber gemütlich hatten sie es, trotz der unvorstellbaren Armut. Seine Mutter war eine ganz liebe Frau. Sie arbeitete wie ein Pferd, nur um ihrem Jungen etwas bieten zu können.

Wir fuhren im Sommer einige Tage gemeinsam in die Gegend von Bautzen. Hier bewirtschafteten von meinem Freund, Verwandte einen Neubauernhof. Wir arbeiteten gern mit, und halfen wo wir konnten, und genossen das Landleben. Es entwickelte sich zwischen uns, nicht zuletzt durch die gemeinsame Arbeit, eine echte Kameradschaft, worüber wir beide recht glücklich waren.

Eines Tages kam ich von der Arbeit nach Hause, und wunderte mich über das üppige Abendbrot, welches meine Mutter, in der Stube bereit gestellt hatte. Natürlich machte ich mich sofort darüber her. Zuerst das gekochte Ei. Diese waren damals ja auch Mangelware. Herrlich so ein schönes Abendbrot. Na ja ich zahlte ja an meine Mutter auch wöchentlich ein gutes Kostgeld. Aber meine Freude sollte nicht lange währen, meine liebe Mama betrat die Bühne, schrie herum, wollte wissen, wer den Teller leer gefressen hat, sie benahm sich wie eine Irre. Nichts Neues. Natürlich gab ich ihr zu verstehen, das ich der Hungrige war. Ich lies sie toben und zahlte für das Ei fünfzig Pfennige. Wie von ihr hysterisch gefordert. Ich war ja einiges gewöhnt, und fragte meine vier Jahre jüngere Schwester was der Zirkus soll. Diese gab mir zu verstehen, das ich den Teller, der für Dietmar, meinen Freund, bestimmt war, abgeräumt hatte.

„Wie bitte", sagte ich wie von der Tarantel gestochen. War ich wieder mal im falschen Film?

  Einige Tage später fad ich einen Liebesbrief, aus welchem hervor ging, das mein Freund mit meiner Mutter ein mehr als inniges Verhältnis unterhielt. Er war wenigstens noch so Anständig, und machte sich im Brief Gedanken, was ich wohl zu dieser Liebe sagen würde. Ich sagte nichts.

Ich zog aus, ich nahm nur eine Tasche mit dem Nötigsten mit.

Meine Schwester musste zurück bleiben, sie erlebte die Hölle bei dem ungleichen Liebespaar.

Als ich dann nach dem Tot meiner Mutter, es waren inzwischen viele Jahre vergangen, die Wohnung ausräumte, fand ich ein Bild von meinem damaligen Freund Dietmar, den ich nie wieder gesehen habe. Er ist jetzt in Leipzig ansässig, das Foto zeigt einen jungen, netten Kerl.
Manchmal kämpfe ich mit mir, ob ich dem jetzt ja auch schon alten Knacker, das Bild einfach mal so, zurück schicken sollte.
Sehen möchte ich ihn nicht.

Nach meinem Weggang aus dem Elternhaus, wurde meine Mutter natürlich von den Nachbarn gefragt, weshalb ich nicht mehr nach Hause käme. Ihre Antwort: „ Der traut sich nicht mehr heim, er hat doch dem Dietmar seinem besten Freund, die Brieftasche geklaut."

Ganze 45 Jahre mussten vergehen, wir kamen vom Friedhof, hatten meiner Mutter die letzte Ehre erwiesen, als mir meine Schwester diese Geschichte endlich erzählte. So erfuhr ich nun auch, was andere schon lange wussten. Ich war ein gemeiner Dieb, der sogar seinen besten Freund bestahl, nicht zu fassen. Jetzt brauchte ich erst mal einen Schnaps.

Birkwitz

Ein kleines Dorf, in einer wunderschönen Naturkulisse zwischen Pirna und Dresden, an der Elbe gelegen. Ich konnte in diesem kleinen Nest, alle Freuden, Widrigkeiten, und Überraschungen, des Lebens hautnah erleben.
Dieser Ort fand 1350 seine erste Erwähnung, als slawisches Sippendorf mit ca.225 Einwohnern. Seit 1910 wohnen immer so an die 650 Menschen im Dorf. Meine Mutter zog als mein Vater im Krieg war, von Zschachwitz, was gegenüber dem Pillnitzer - Schloss liegt, in dieses Nest. Für einen Jungen ein Traum von Freiheit. Die Elbe, welche stets für eine Überraschung gut war, wurde der Dreh und Angelpunkt meines

Lebens. Hinter dem Dorf, in Richtung Graupa, da wo Wagner seinen "Lohengrin" komponierte, nichts als Felder, Wald, und eine kleine Seenlandschaft. Als ich hier meine Kindheit verbrachte, gab es in der Tongrube noch Laubfrösche, Feuersalamander, sogar Bieber und anderes Getier war hier in der Gegend noch an zu treffen.

Eine Kindheit wie im Märchen, wären da Nachts nicht immer, und immer öfter, die Luftangriffe gewesen. Diese ständige Angst, wenn die Bomber über unsere Köpfe hinweg brummten, und wir hofften, das sie weiterfliegen würden, und ihre tausendfach den Tot bringende Last über Andere abwarfen. Die Angst der im Keller zusammen gepferchten Menschen stieg ins unermessliche beim Anflug der

Bombengeschwader. Dieses dumpfe langgezogene Brummen, und vorher schon das Sirenengeheul, es war nicht aus zu halten. Es gab einen Trost, nie würden die Feinde Dresden angreifen, diese Kunststadt zu vernichten, war unvorstellbar, sie lag nur einen Katzensprung von uns entfernt.

Und dann am 13. Februar 1945, geschah das unfassbare doch, Dresden stand in Flammen, bis zu uns wehte der Wind das verbrannte Papier heran, der Himmel war in ein unwirkliches Rot getaucht, und der Feuersturm brach bis zu uns durch. Wir erlebten eine Nacht die man nie vergisst. Vor dem Angriff, setzen die Flieger sogenannte Christbäume, bis zu uns war der Himmel hell erleuchtet, das zu vernichtende Ziel war abgesteckt. Und dann begann es, das Morden und Vernichten, es war laut und dumpf, hier vor der Stadt. Wir waren aus Angst nicht in den Keller gegangen, waren alle im Hausflur versammelt. Als ich die Haustür öffnete, um die Christbäume am Himmel zu betrachten, platzte da draußen eine Luftmine, wie wir sie nannten. Sofort wurde ich mit brutaler Wucht, zurück in den Hausflur, bis an die nach oben führende Treppe geschleudert. Das reichte mir, die Alten verbarrikadierten hastig die Türe, und sagten voller Sorge, dass diese Minen, durch den Luftdruck, die Lungen platzen lassen.

Unter einer Decke versteckt, damit kein Ton nach draußen drang, hörte ein größerer Junge voller Anspannung den Londoner Rundfunk. Diesen Feindsender zu empfangen, war Hochverrat, bei Todesstrafe von den Nazis streng verboten. Der Rundfunksprecher forderte die Dresdner auf, sich im „Großen Garten" und auf den Elbwiesen in Sicherheit zu bringen. Na und dort wurden sie dann Opfer der Tiefflieger, noch am nächsten Mittag flogen sie an der Elbe entlang, und durch den „Großen Garten". Heute ist das alles nicht mehr wahr.

  Es wird abgestritten, und in Frage gestellt. Auch die Zahl der Toten wird herunter gespielt. Der Angriff wird von denen, die es gar nicht erlebt haben, heruntergespielt, hoffähig gemacht.

Und dann steht noch auf dem „Weißen Hirsch" in Dresden, die Villa "San Remo", hoch über der Stadt mit genauem Überblick, über das wie mit einem Lineal, säuberlich abgegrenzte Gebiet der totalen Vernichtung. Auch darüber spricht man heute nicht mehr, wer saß in jener Nacht in dieser Villa? Die Wahrheit werden wir erst dann erfahren, wenn wir zu diesem verbrecherischen, völlig nutzlosen Angriff, soviel Abstand haben, wie zur Schlacht im Teutoburger Wald.

Diese Nacht, ich war damals gerade acht Jahre alt, war für mich ein Schlüsselerlebnis. Nie wieder, hofften wir damals.
Und dann kam der 2. März 1945, es war am Tag, die Sirenen heulten wieder: Luftalarm.

Diesmal erwischte es uns, wir waren aus dem Luftschutzbunker, der aus festen Holzbalken gezimmert, in der Erde eingegraben war geflüchtet. Wir hörten das Krachen der Granaten, die Bombeneinschläge, dann erzitterte die Erde, der Bunker schien sich gedreht zu haben, aber jetzt nichts wie hier raus. Die Tür war verzogen, die nach oben führende Holztreppe war zersplittert, und mit Dreck fast zugeschüttet. Es war verboten Hunde mit in den Bunker zu nehmen, und trotzdem hatte ein Ehepaar seinen Köter mit da unten. Als ich endlich oben im Garten stand, lag vor mir ein junger, sehr junger Soldat, den hatte es erwischt, aus dem Bauch hingen die Därme heraus, und er sprach noch mit einer Krankenschwester, die versuchte ihm das Sterben zu erleichtern. Ich rannte weg, das Bild sehe ich heute noch vor mir.

Im Weglaufen vom Bunker, ich musste ja noch meine schwere Nottasche hinter mir herziehen, sah ich die Bescherung, direkt hinter uns, hatte eine Sprengmine einen mindestens sieben Meter tiefen Krater in die Erde gerissen. Jetzt wurde mir ganz anders, hatten wir im Bunker einen Schutzengel?

Als ich in der Wohnung ankam, und aus dem Fenster sah, dessen Rahmen nur noch einzelne Scherben enthielt, sah ich wie unten

im Garten vor dem Haus, meine Mutter beherzt und voller Selbstverachtung, einigen Bündeln Brandbomben zu Leibe rückte. Diese Dinger fauchten fürchterlich und sprühten Feuer wie ein Drachen. Da mit Schaufel, Feuerpatsche und Sand etwas aus zu richten war fast der Wahnsinn. Man nannte diese Dinger auch Phosphorbomben, wenn man etwas von dem Phosphor auf die Haut bekam brannte man immer, oder man sprang ins Wasser, dann brannte man wieder, wenn man auftauchte. In Hamburg wurden viele Menschen in einer Nacht von der SS erschossen, nachdem sie im Hafenbecken ständig untertauchten, dann wieder auftauchten, und brannten.
Meine Mutter schaffte es, die brennenden Ungeheuer, mit Sand erstickt, über den Zaun zu werfen. Ohne den Mut dieser Frau, wäre

unser Haus abgebrannt, gedankt hat es ihr keiner.

Bei meinem Freund Peter, war ein solcher Brandsatz im Bett gelandet, ich konnte es genau sehen von meinem Standort aus. Ich sah wie sein Kinderzimmer in Flammen stand, und schließlich das ganze große Bauernhaus brannte.

In der Nähe des Dorfplatzes flog ein Haus in die Luft, als eine Bewohnerin im Luftschutzkeller feststellte, das sie noch einen Kuchen im Ofen hatte, und nach oben rannte, um das wertvolle Teil zu retten. Sie war die einzige Person aus dem Dorf die ihr Leben bei dem Angriff einbüßte. Es waren nach meiner heutigen Schätzung ca. fünf Häuser die zerstört wurden, einige wurden schwer beschädigt. Am Dorfplatz, der gewaltige Konzert und Ballsaal, brannte völlig nieder. Was aus den vielen dort eingesperrten Ostarbeitern geworden ist, kann ich nicht sagen. Mir ist nur bekannt, das im Garten des Hauses, von uns gegenüber, etwas von zwei polnischen Ostarbeiterinnen vergraben wurde. Als ich meine Mutter danach fragte sagte sie": Die begraben einen kleinen Jungen, aber quatsch nicht herum".

Ich wunderte mich, das meine Mutter den Polen, wenn sie bettelten, immer etwas gab. Mal Schuhe, warme Kleidung, oder zu Essen. Auf meine neugierige Frage nach dem warum und wieso, sagte sie": Wirst sehen, bald gehen auch wir betteln". Das verstand ich nun wirklich nicht.

Sie sollte Recht behalten, nach dem Krieg bin ich dann km weit nach Pratzschwitz, in die Brotmühle gelaufen, um für uns eine Scheibe Brot zu erbetteln. Hunger tut sehr weh, der Weg war weit, ich bekam eine Scheibe Brot, noch mal geteilt, mit der Bemerkung: "Aber komme nicht schon Morgen wieder", das war furchtbar.

Auch ein kleines Siedlungshaus direkt an der Elbe, auf einer kleinen Anhöhe gelegen, wurde zerbombt. Dort wohnte die Freundin meiner Mutter. Als die Freundin heiratete, war ich mit meiner kleinen Schwester, als Blumenstreukind ein wichtiger Bestandteil der Hochzeit. Am Tor musste das Brautpaar eine Holzrolle gemeinsam zersägen, dann stellten sich Kinder mit geschmückten Girlanden in den Weg und ließen die Brautleute erst passieren, nachdem diese Geld auf die Straße geworfen hatten. Schließlich hatte die Hochzeitsgesellschaft am festlich gedeckten Tisch Platz genommen, das Essen wurde aufgetragen, die Stimmung war ausgelassen, und fröhlich, als laut knatternd, in den Hof eine Seitenwagenmaschine herein fuhr. Entsetzt sagte jemand, der hinaus schaute: "Um Himmelswillen, die Kettenhunde". Und schon standen sie an der Hochzeitstafel, neben dem Brautpaar. Der Bräutigam bekam den Marschbefehl, sofort, stehenden Fußes, sich zum Fronteinsatz zu melden.

Das war's dann auch, er packte seinen Tornister und ging. In seine Heimat, nach Birkwitz, ist er nie zurück gekehrt. Nach dem Krieg, aus Französischer Gefangenschaft entlassen, forderte seine er seine Frau auf, nach zu kommen, oder sich scheiden zu lassen. Sie ging zu ihm, und erlebte eine schwere Zeit in der neuen Heimat, mehrmals wurde sie auch angespuckt. Noch lange waren die Wunden die wir den Anderen geschlagen hatten nicht verheilt. Sie schenkte ihrem Mann zwei wunderbare Jungs, echte Franzosen. Erst als ihr Mann Tot war, kam sie, nun auch schon älter geworden, immer öfter in ihre Heimat zurück zu Besuch. Die Freundschaft zu meiner Mutter hat ein Leben lang gehalten, ich habe ihr dann geschrieben, als meine Mutter im Sterben lag. Sie wird für meine Mutter beten schrieb sie zurück. Wieder war nach dem Tot der Freundin, für sie ein Stück Heimat verloren gegangen.

Im August 2008, nach über 60 Jahren, als ich mich an damals zu erinnern versuchte, fällt mir die „Welt am Sonntag" in die Hand, sie titelt: Zehntausende flüchten vor dem Kaukasus-Krieg.

Ein schreckliches Bild zeigt einen verzweifelten jungen Mann, der auf der

Straße zwischen Trümmerschutt liegend, seinen Toten Freund an sich zieht. Er umarmt den Toten und schreit in seinem endlosen Schmerz. So geschehen in diesen Tagen, in der Geburtsstadt Stalins, in Gori. Ich war selbst in dieser schönen Stadt, besuchte die gewaltige Festung über der Stadt und genoss die Gastfreundschaft dieser Menschen. Es ist grausam und nicht zu verstehen, immer wieder die gleichen Bilder, wie damals, kein Tag ohne Mord und Totschlag auf dieser Welt. Aber das Schlimmste für mich dabei ist: Es lässt uns kalt, unsere Herzen sind kalt, und wenn heute einer seinen toten Freund im Arm hält, oder eine Schule mit Kindern in die Luft fliegt, dann ist das der Alltag, ist eben so.

An dieser Stelle braucht mir keiner mit dem „lieben Gott" zu kommen, alles nur

Scheinheiligkeit. Diese Welt ist die Hölle eines anderen Planeten. Wobei jeder von uns die größte Angst vor dem Abgang, von dieser Erde hat, hoffentlich nicht im Pflegeheim, es bedeutet die Hölle in Potenz.

Das ist nicht gesponnen, meine Mutter verbrachte das letzte Jahr in einer solchen unpersönlichen Anstalt. Das Pflegeheim war neu gebaut, nach 2000, man hatte mich gewarnt, aber ich dachte es wird viel geredet und gab meine Mutter da hin. Wäsche war ständig abhanden gekommen, obwohl ich alles beschriftet hatte. Ich war nur am Nachkaufen, aber nicht nur Klamotten, auch Dinge, welche ich teuer in der Apotheke bezahlte, waren ständig weg. Das Nervte. Ich ging sehr oft in das Pflegeheim, und erlebte wie meine Mutter auf der Bettkante weggerutscht war, und mit dem Gesicht im

Mittagessen lag. Das war Nachmittags um 15 Uhr. Ein andermal hatte man sie früh ans offene Fenster gesetzt, es war ein warmer Sommertag und meine Mutter wurde von der Sonne beschienen, sie hatte Durst, man hatte ihr eine Flasche Wasser hin gestellt, doch keiner öffnete den Verschluss. Ich beschwerte mich, zur Strafe bekam meine Mutter einen anderen Platz in der Kantine. Sie forderte ihren alten Platz ein, und bekam zu hören, sie könne sich ja wieder beschweren. Jetzt war sie fix und fertig, wusste sie doch, sich nie beschwert zu haben. Ihre Klingel zum Schwesternzimmer wurde abgestellt. Das Schlimmste für mich war, die Menschen die hier untergebracht sind, haben keinerlei Intimsphäre mehr. Jeder kann jederzeit ihren privaten Bereich betreten. Ich habe oft erlebt das ungebetene

Gäste plötzlich im Zimmer meiner Mutter, standen. Dabei machte das Ganze zum Tag der offenen Tür einen so netten Eindruck.

Bevor ich weiter über Birkwitz berichte, will ich noch ein Foto erwähnen, was nach dem Unglück von Tschernobyl, in Rostock in der Kunsthalle zu sehen war. Eine Brigade von Männern stand bereit, um als Nächste ungeschützt, in das verstrahlte Kraftwerk geschickt zu werden. Allen war klar, was das bedeuten konnte, den langsamen Tot, ohne Aussicht auf Hilfe. Sie standen voller Angst, in einer Reihe und wurden ständig abgelöst. Der jetzt ganz vorn stand um in sein Unglück gerufen zu werden, wurde von hinten mit einem starken Arm umschlungen, der hinter ihm stand gab zu versehen: Du nicht, bitte gehe nicht ins Verderben. Solche Bilder graben sich bei mir ein.

Ein junges Mädchen neben mir interessierte das alles nicht, sie hatte nur mit ihrer Ratte zu tun, welche sich ständig aus ihrer Manteltasche zu befreien suchte. Ratten, als Haustier, das war cool bei Jungen Leuten, alles Andere war egal. Noch war Tschernobyl ein Einzelfall, oder gar eine tickende Zeitbombe?

Aber zurück zum Fliegerangriff auf das kleine Birkwitz, brennende Häuser, und totes Vieh welches mit fürchterlich dicken aufgeblähten Bäuchen, verbrannt auf der Straße lag, hinterließ in mir schreckliche Bilder.

Aber das Leben ging weiter, die Aussichten auf ein wenig Normalität schien schlecht. Überall Flüchtlinge, Elend und Krankheit. Schwer verwundete Soldaten verlegte man aus Böhmen nach Sachsen. Aber dass

Schlimmste waren die Gefangenen Transporte. Was man da als Kind verkraften musste, wird man nie wieder los. Wir Kinder gingen wie immer in die Schule, das Lernen machte mir Spaß, wäre da nicht der Nazidrill gewesen. Ich hatte immer meine liebe Not, mir zu merken welchen Arm man beim Hitlergruß in die Luft strecken musste. Das wurde jeden Tag geübt, wir liefen im Kreis am Lehrerpult vorbei, rissen die rechte Pfote hoch und brüllten dann beim Lehrer angekommen: "Heil Hitler." Und wehe, das klappte nicht, dann gab es mit dem Rohrstock eins über die Fingerspitzen, und damit es richtig zog wurden die Finger noch nass gemacht.

Und dann an einem wunderschönen Maientag, rannten die SA - Männer auf den Hof, sprangen in die Autos und rasten davon.

Endlich, der Krieg war aus, die Nazis waren wir los, dachten wir, damals. Es wurde die Parole ausgegeben: "Rette sich wer kann, die Russen kommen". Noch waren die Russen nicht im Ort, es herrschte das blanke Chaos. Meine Mutter sagte: "Keinen Schritt gehen wir hier weg, sollen die Russen uns doch an die Wand stellen, jetzt ist ja doch alles egal."

Während wir uns schlecht und recht im Keller einrichteten, und die „Weiße Fahne", welche an einem Besenstiel befestigt war, zum Kellerfenster hinaus schoben, beluden andere ihre Hand oder Pferdewagen um zu fliehen. Die Straßen entlang der Elbe waren seit langem mit Flüchtlingen überfüllt. Der schlimmste Moloch den man sich denken kann. Diese Flüchtlingstrecks waren schon beim bloßem Hinsehen ein Jammer, die auf den Wagen saßen oder ihr Wägelchen hinter sich her zogen, kaputt, ausgehungert, verzweifelt, durchlebten die Hölle. Dann lieber Tot, da gab ich meiner Mutter recht. Mit meinen acht Jahren hatte ich schon mehr erlebt und gesehen, als manch einer in seinem ganzen Leben.

  Ich stand an der Elbe, schaute hinüber nach Heidenau auf die Elbwiesen, und sah etwas, was mir fremd erschien. Eigenartige Pferdewagen, wie kleine Heuwagen, davor ein kleines struppiges Pferdchen. Ehe ich die Sache verstand, sah ich Köpfe in der Elbe schwimmen, und schon kamen die ersten kahlgeschorenen Kerle aus dem Wasser. Ihr Kleiderbündel und die Waffe hatten sie über den Kopf gehalten. Jetzt war es Zeit mich zu verstecken. Es kamen immer mehr aus dem Wasser, und nach einigen Stunden konnten die ersten Autos und Pferdewagen über die eiligst gezauberte Bontonbrücke, die Elbe überqueren.

Die Sieger sammelten sich hinter dem Dorf im Wald von Graupa. Was man da zu sehen bekam war wie im Kino, die Soldaten arbeiteten wie die Bienen, es entstand ein regelrechtes Barackendorf. Was mir bis heute unklar ist, im Wald bauten sie ihre Unterkünfte, und alle Bäume am Waldrand, bis an die Baracken waren in ca. einem Meter Höhe abgesägt, das sah schauerlich aus.

Dann eines Tages trommelten zwei Uniformierte Russen gegen die Haustür, ich sah sie durch die geriffelten Scheiben der Tür. Jetzt hatte ich echte Angst, die fremden Flüche und das ständige Trommeln gegen die Tür, lies das Blut gefrieren. Männer gab

es im Haus keine, die Frauen waren als alte hässliche Weiber verkleidet irgendwo hin verschwunden, um nicht vergewaltigt zu werden.
Endlich zogen die Russen unverrichteter Dinge ab, ich atmete auf.

Die Nachkriegszeit wurde immer verrückter, nichts zu Essen, im Keller keine Kohlen, Geld hatten wir auch nicht. Meine Mutter war gelernte Schneiderin, und arbeitete für die Leute was so anfiel. Aus Alt mach neu. Alte Klamotten wurden aufgetrennt, der Stoff wurde gewendet, dann sah er nicht mehr so schäbig aus. Eines Tages kam meine Mutter mit einem Schatz nach Hause, ein Leiterwagen voll mit Wehrmachtsuniformen. Diese stammten von Soldaten, die man aus der Elbe gefischt hatte, und irgendwo am Elbufer verscharrte. Ich war ja selbst oft dabei.

  Es gab gleich ein freudiges Treffen der Weiber bei uns, alle zogen die Uniformen an und hatten ihren Spaß daran, wie der wohl ausgesehen haben mag, dem diese Uniform gehörte. Da es schon lange keine Männer mehr gab, ging mit diesen unter Strom stehenden Weibern oft die Fantasie durch. Ihre Witze und Sehnsüchte lagen alle unter der Gürtellinie. Ich tat als hörte ich es nicht, mir war so eine Schweinerei peinlich. Als meine Mutter die Jacke zuknöpfte, sah man, dass der Soldat einen Herzschuss bekommen hatte, um das Brandloch im Stoff war das getrocknete Blut zu sehen.
Mir war schlecht bei diesem Anblick.

Einige Tage später hingen die Uniformen säuberlich auseinander getrennt auf der Wäscheleine zum Trocknen.

Ich hatte einen neuen Freund, jeden Tag fuhr ich mit dem Wasserfahrer einem alten Kossacken, der nach Knoblauch, Schweiß, Urin und Wodka stank, vom Dorf hinaus in den Wald. Er brachte frisches Wasser für die Feldküche. Manchmal teilten wir uns einen Brotkanten, aber ich merkte bald, das es den Siegern auch nicht viel besser ging als uns Verlieren. So saßen wir friedlich auf dem Kutschbock des kleinen Holzwagens, vor uns das kleine struppige Panjo – Pferdchen. Am Anfang verstanden wir voneinander kein Wort, aber das änderte sich schnell, er lernte etwas Deutsch, und ich lernte auf russisch Fluchen, das einem die Haare zu Berge standen.

Das Gelernte sollte mir noch nach fünfzig Jahren von großem Nutzen sein. Ich lag im Krankenhaus. Auf Station lernte man so eine russische Seele als Hilfsschwester an. Eine Russlanddeutsche. Als ich sie fragte, ob sie mir nicht einen Saft aus dem Kühlschrank geben könnte, oder andere diverse Leckereien, wackelte sie mit ihrem Kopf, hin und her und sagte: „Wo denkst du hin Jungchen, darf ich nicht machen". Jetzt war meine Stunde gekommen, nicht zu laut, aber so das sie es hören konnte, fing ich an, aufs Übelste, in russisch zu Fluchen. Sie war wie vom Blitz getroffen, stand wie versteinert im Krankenzimmer, kam noch dichter heran, und bekreuzigte sich immer wieder. Leise sagte sie zu mir: "Du bekommst alles, aber so etwas nie wieder sagen."

Wir wurden die besten Freunde, und jeder hielt sich an die Abmachungen.

Es muss so 1947 gewesen sein, ein sehr warmer Sommer ging zu Ende ich saß an der Elbe, vor mir auf einem Trampelpfad trugen die Russen Säcke mit herrlichen Äpfeln davon, so ein Apfel war für mich unerreichbar. Es ist heute unvorstellbar, das wir damals Eicheln, gekocht, durch den Fleischwolf gedreht, etwas gesalzen, dann wie Kuchen gebacken, gegessen haben. Es schmeckte scheußlich, nicht einmal Runkelrüben hatten wir mehr, und das war schon ein Fraß.

Meine Mutter saß am Tisch, und heulte, wenn sie uns lustlos, trotz des großen Hungers, regelrecht fressen sah. Dabei brachte sie selbst keinen Bissen hinunter.

Ich hatte eine in Birkwitz lebende Patentante, denen ging es gut, sie hatten eine Gärtnerei, dahin betteln gehen, nein. Als ich sie eines Tages darauf ansprach, wie schlecht es uns geht, sagte sie sehr salbungsvoll, denn sie war sehr heilig:" Merke dir, wen Gott liebt, den straft er." Diese Worte kotzten mich derart an, dass ich fortan in meinem weiteren Leben viele Dinge, auch im Hinblick auf Glauben und Nächstenliebe kritischer sah. Also hilf dir selbst, dann hilft dir Gott.

Ich ging mit meinen zehn Jahren auf Arbeitssuche, etwas Essbares musste her. In der Baumschule, wo es die schönen Äpfel gab, durfte ich zwischen den jungen Bäumen das Gras, mit der Sichel kurz halten. Das war ganz schön anstrengend mit leerem Magen. Durchgeschwitzt bei voller Sonne, war man

Freiwild für beißendes und stechendes Insektengetier. Es gelang mir, während der Arbeitszeit, wenn der Postkasten am großen Eingangstor geleert war, darin einiges an Äpfeln zu deponieren. Also geklaute Ware. Meine Enttäuschung war groß, als die Äpfel am Feierabend nicht mehr da waren. Bis ich endlich heraus fand, dass die nette Großmutter, diese jedes Mal wieder, heraus nahm. Ich musste Rat schaffen. Diese alte Hexe.

Der blutrünstige, bösartige Hund der am Eingang an der Kette lag, flößte mir immer Respekt ein, und trotzdem, er musste jetzt mein Freund werden. Auch Hunde sind bestechlich. Fortan bewachte er, meine in seiner Hütte, versteckten Reichtümer, ohne das die Alte etwas merkte.

Was mich als Kind immer faszinierte, aber auch erschreckte, war der Umgang mit dem Tot. Einerseits wurde mit den Toten, die in Richtung Dresden, in der Elbe trieben, und aus dem Böhmischen kamen, wenig Aufhebens gemacht. Es waren schlimme Dinge, welche man zu sehen bekam, ich erinnere mich an ein Mädchen mit gepunktetem Kopftuch. Auch kamen zwei Soldaten mit dem Rücken zusammen auf ein Brett gebunden die Elbe abwärts. Hass, Flucht und Vertreibung forderten nach wie vor ihre Opfer.

Doch wenn ein Einwohner aus dem Dorf von dieser Welt ging, dann kam aus Graupa ein prächtiger schwarzer Wagen, manchmal sogar mit vier schwarzen, königlich geschmückten, Rappen angespannt. Der Kutscher mit Frack und Zylinder angetan, saß zwischen den vorderen, der vier hohen gedrechselten schwarzen Säulen, welche das Dach des Wagens mit dem schwarzen Baldachin trugen. Der im Inneren des Wagens befindliche Sarg war mit Blumen und Kränzen festlich geschmückt. Die Passanten die am Wagen vorüber gingen, ihm also zufällig begegneten, nahmen ihre Kopfbedeckung ab, und verbeugten sich andeutungsweise. Ein gruslig schönes Bild, man starb nicht anonym, der Tot gehörte noch zum Leben, und wurde wahrgenommen.

Eines Tages kam meine Mutter bis zum Einbruch der Dunkelheit nicht zurück, sie hatte uns eingebläut, das wir, wenn wir Hunger haben ins Bett gehen sollen, dann merkt man den nicht so. Als wir schon schliefen kam sie total durchnässt an. Sie hatte man mit der Fähre, einer Schaluppe, das ist so ein halber Fischerkahn, die große Fähre war noch kaputt durch den Krieg, nicht mit genommen. Sie schwamm durch den Fluss unglaublich diese Welt von damals. Angeblich würde man keine Polenweiber befördern. Irgendwie war da wieder meine Großmutter aus Westberlin schuld, sie war als ganz junges Ding, von Polen nach Berlin gekommen, hier wurden damals ausgebildete Krankenschwestern gebraucht. Jetzt nach dem Krieg, bei den Russen, zweifelte man unsere deutsche Abstammung an, deshalb bekam meine Mutter auch keine Unterstützung für uns Kinder. Den Ausweis musste sie auch aller zwei Jahre verlängern lassen. Eine Frau ohne Mann war wie Freiwild, auch wir Kinder, die keinen Vater hatten bekamen das zu spüren. Eine spätere

Kollegin von mir sagte immer: „Hauptsache du hast einen Mann, und wenn er im Bett sitzt und hustet." Wie recht sie hatte, so ist es heute noch, besonders Scheidungskinder bekommen das zu spüren.

Da Süßigkeiten für uns ein Fremdwort waren, war man bereit alles zu geben für einen Bonbon. Diesen bekam Mann bei der „Heiligen Geige", und ein buntes gedrucktes Bild aus der Bibel noch dazu. Frau Klubescheid, welche schwarz gekleidet wie eine Ordensschwester, im Fabrikhaus, in ihrer Wohnung Bibelstunde auch für Kinder abhielt, war Baptistin, und diese wurden von Amerika unterstützt. Aber nicht nur wegen der Süßigkeit ging ich da gern hin. Immer, wenn es im Raum verdächtig roch, brannte sie ein Streichholz an, und war der Meinung der Furz wäre verflogen. Wir furzten um die Wette, es war herrlich.

Aber eines habe ich bei der Schwester gelernt, sie erzählte uns:" Als damals die Häscher hinter dem Jesus her waren, um ihn zu kreuzigen, floh dieser bei einem Bauern in die Scheune. Als die Reiter beim Bauern vorbei kamen, erfuhren sie von ihm, dass der Herr Jesus, schon vor dem Haus in dem Gestrüpp verschwunden sei. Eine brutale Lüge, aber wenn sie jemanden, der in Not ist, oder ihr euch selbst damit schützt, dann ist sie erlaubt".

Das habe ich mir gut gemerkt, und heute weis ich, dass es der größte Fehler ist, jemanden die Wahrheit zu sagen.

Meine Mutter war eine stattliche junge Frau, die wenigen Männer die es gab, hatten die Auswahl, um uns über Wasser zu halten lies sich meine Mutter mit einem Bäcker aus dem Nachbarort ein, für ein paar Reisemarken. Dafür bekam man überall Brot, oder Mehl. Da wir aber außer Hunger, auch kein Geld hatten, verkaufte ich das so erstandene Brot für achtzig Mark. Ich erzählte den Leuten, wir hätten Unterstützung aus Berlin. Was aber nicht stimmte.

  Allein in Birkwitz, bin ich mit meiner Mutter dreimal umgezogen. Einmal wohnten wir neben einem Bauernhof, dessen Misthaufen vor unserem Küchenfenster lag. Es war insofern nicht schlecht, da ich über diesen bequem in den Bauernhof gelangen konnte, um aus dem Dämpfer Schweinekartoffeln zu klauen. Das war wegen des Dampfes nicht ungefährlich, aber die Gefahr kam von ganz woanders her. Mein Klassenlehrer, der auch auf der Suche nach Essbarem war, und deshalb beim Bauern, ein und aus ging, hatte mich erkannt, es dem Bauern gepetzt, und der wollte nun eine Nummer mit meiner Mutter schieben, sonst würde er uns anzeigen. Ein halbes Brot wollte er noch drauf legen. Meine Mutter lehnte wutentbrannt ab, und versprach ihm eine ordentliche auf die Schnauze zu hauen. Da war sie nicht zimperlich, dass hatte sich schon herumgesprochen, und zeigte Wirkung. Er gab Ruhe.

Zu mir sagte sie verächtlich: "Was der sich einbildet, der kleine Furz, der läuft doch nicht rund, für ein halbes Brot." Ich beruhigte sie, ehe sie noch verrückter wurde.

Das meine Mutter furchtlos war bewies sie, als ich beim Kartoffeln klauen auf dem Feld, vom Flurschutz erwischt wurde, der Flurschützer holte mich nicht ein, rannte mir aber bis vor unsere Wohnungstür hinterher. Ich stürzte total erschöpft, in die Küche, als es an der Tür klopfte. Meine Mutter zu mir: „Wer ist das?" Ich: "Der Flurschutz." Meine Mutter trug wieder mal ihre maßgeschneiderte Uniform, knallte dem der geklopft hatte, die Tür mit voller Wucht vor den Kopf, dann wurde es fürchterlich laut, und dem Staatsdiener gelang zu seinem Glück noch die Flucht. Als sie ins Zimmer trat sagte sie: "Stell dir vor ich sollte die Kartoffeln, die du geklaut hast, zurück geben, der hat wohl den letzten Schuss nicht gehört."

Kämpferisch war sie ja, und bildhübsch noch dazu, mit ihren blonden langen Haaren. Als sie mit vierundachtzig Jahren starb, hatte sie noch kein graues Haar.

Meine kleine Schwester, war damals vier Jahre, sie bekam von dem ganzen Theater noch nicht viel mit. Sie watschelte mit ihren kurzen Leberwurstbeinen durch die Gegend, wie eine Ente, und hatte ständig Hunger, das arme Luder. Zu einer Sache war sie gut zu gebrauchen, sie war unauffällig, und konnte schon klauen wie ein Raabe, was damals lebenswichtig war, man musste ihr nur vorher genau einhämmern, was zu tun war.

Sie wurde später Friseuse, in ihrem Beruf war sie ein Ass. Sie hatte lange Beine und trug immer die höchsten Stöckelschuhe. Leicht hatte sie es mit meiner Mutter nie. Vielleicht waren sich die beiden Weiber zu ähnlich. Wer soll das wissen?

Ein Erfolgserlebnis hatte ich als Kind, ein Schulaufsatz von mir wurde ausgezeichnet. Ich bekam ein Dankeschön für gute Leistung in der Schule, ein Schreiben von der SED Kreisleitung Pirna, verbunden mit der Möglichkeit mir bei einem Bauern im Dorf, acht Liter gute Milch ab zu holen. Heute glaube ich, das uns diese Auszeichnung das Leben gerettet hat. Das Schreiben habe ich noch, die SED gibt es nicht mehr, abgesehen davon, dass sich einige hochrangige Genossen immer noch treffen.

Aber das gab es in der DDR auch, da trafen sich auch regelmäßig die Überlebenden der Herman Göring Division, das waren die Fallschirmspringer die im Krieg Kreta besetzten.

  Es ist überhaupt so eine Sache mit der Politik und der Vergangenheit, die Nazis wurden entnazifiziert, und konnten ein neues Leben beginnen, oder auch nicht. Ich war Soldat und habe ein Gelöbnis auf die DDR,

und die Partei der Arbeiterklasse abgegeben. Alles vorbei, aber trotzdem wäre ich doch gern von meinem Gelöbnis entbunden.
Hier hat die Deutsche Gründlichkeit versagt. Oder man hat es im Einigungsvertrag vergessen, an dem ist ja nicht zu rütteln. Aber wenn ich nicht daran denke, stört es mich nicht.

 Ab der fünften Klasse gingen wir in das Nachbardorf, nach Pratzschwitz in die Schule. Wir mussten unsere Klassenzimmer selbst heizen. Neben den gusseisernen Kanonenofen stellte der Hausmeister einen Eimer Kohlen, alles weitere war unsere Sache. Als ich mit Feuern an der Reihe war, schürte ich die Glut, im unteren Ofenteil, und gerade in diesem Moment, warf einer eine Kohle von oben in die Glut. Natürlich gab es sofort eine Verpuffung, und mir flog die glühende Kohle um die Ohren. Handtuch um den Kopf und ab zu Dr. Teufel nach Pirna, der bearbeitete die Verbrennungen mit einer Silberbürste, was derart Weh tat, dass ich fast ohnmächtig wurde. Aber ich habe nie Brandnarben im Gesicht bekommen.

Die Behandlungsmethoden bei Krankheiten waren schon etwas anders als heute. Bei Halsschmerzen holte man sich beim Kolonialwarenhändler etwas Salzwasser aus dem Heringsfass, das half. Besonders gemein war die Behandlung von Ohrenreisen. Auf der Herdplatte wurden Apfelscheiben erhitzt, diese auf ein Tuch gelegt, und vor die Ohren gebunden. Die reinste Folter.

Sanitäranlagen in den Wohnungen ein Spaß, die Zinkwanne auf dem Boden, wurde Freitags in die Küche gestellt, zuerst badete

meine Mutter, dann wurde oben das Fett abgeschöpft, etwas frisches warmes Wasser dazu gegeben, der Nächste bitte. Verwöhnt waren wir nicht. Die Toiletten, Plumser, ohne Wasserspülung eine halbe Treppe hoch im Hausflur. Wenn des Morgens der alte Alvin seinen Nachtopf durchs Haus nach oben trug, stank es ewig, und roch penetrant. Wasser für alle Mieter, ein Hahn neben der Treppe, im Hausflur, das war's.
Von wegen Toilettenpapier, es wurde ein Stapel Zeitung geschnitten, Faden durch, und an den Nagel gehangen. Purer Luxus.
  Mein Zimmer lag über der Jauchengrube, ich hörte im Hof den Bauern fürchterlich fluchen, er schimpfte auf die Weiber, da seine Pumpe wieder mal verstopft war, mit Binden. Für mich war es immer ein Rätsel, was für komische gehäkelte, oder gestrickte

längliche Gebilde, mit Bändchen an jeder Seite, im Hof auf der Leine hingen. Jetzt ging mir ein Licht auf, als eine Frau aus dem Haus zum Bauern sagte:" Von mir sind die Binden nicht, ich nehme so etwas lange nicht mehr, so ein Gezappel und Gewurstel zwischen den Beinen." Meine Mutter nahm so etwas auch nicht, sie breitete die Schlüpfer zu trocknen aus. Da diese dann im Schritt hart wurden, wurde der Zwickel zwischen den Händen, die leicht zur Faust geballt waren, wieder weich gerieben. Es stank eklig scharf, und immer wenn sie das tat, hasste ich meine Mutter.

  Spielzeug, das war in meiner Kindheit kein Thema, es gab ja damals, keiner wusste woher, genügend Kartoffelkäfer auf den Feldern, da konnte man sich mit den anderen

Kindern nützlich machen, und diese schwarz – gelben Tierchen von den Blättern lesen.

Ich habe nie einen Roller, Schlittschuhe, oder gar eine Eisenbahn besessen. Einen Schlitten hatten wir, den brauchten wir im Winter zum Holz mausen.

Aber ein Spielzeug hatten wir Jungs alle, und es gab keinen Weg den wir ohne unser Rädel gingen. Einfach ein altes Kinderwagenrad organisiert, in das Loch in der Radmitte, eine Achse aus Holz gesteckt, das diese hüben und drüben ein Stück heraus schaute. Jetzt brauchte man nur noch einen längeren Stock, den man in die Hand nahm, und man konnte ihn an der Achse anlegen, und los Radeln. Wahre Kunststücke haben wir mit dem Rädel vollführt.

Meine Mutter hatte eine Freundin, die mit ihrem Mann im Fabrikhaus wohnte. Der treusorgende Ehemann stieg meiner Mutter so heftig hinter her, das sie sich ihm nicht erwehren konnte. Kam er von Schicht, leuchtete er mit der Lampe in unser Schlafzimmer, und lies ordinäre Reden vom Stapel. Selbst als meine Mutter die Frau des Verrückten unterrichtete, glaubte sie ihr nicht. Das macht mein Max nicht.

Ich war zwölf Jahre als wir in Birkwitz regelrecht vor diesem geilen Gockel ausrissen, und nach Dohna auf den Berg, in die alte Burggrafenstadt zogen.

Umzüge war ich gewöhnt, aber fortan, im weiteren Leben fehlte mir meine Elbe. So ein Fluss hat eine Stimme, man kann ihm zuhören, und täglich verändert er sein Gesicht, und bleibt immer der Gleiche, mal flüsternd, mal angefüllt mit krachendem glitzernden Eis, und manchmal spielt er auch verrückt, wie im Jahre 2002. Wer an ihm wohnt geht nur weg wenn er muss. Heute wohne ich 70 km von ihm entfernt, in meinem Herzen ist er geblieben, und er fliest immer noch an Birkwitz vorbei, durch Dresden in Richtung Hamburg. Hoffentlich in Zukunft ohne Tiefflieger und Bombengeschwader, als friedlicher Fluss in einem friedlichen vereinten Europa.

Fassungslos

Es war November geworden, die einen bekommen in diesem Monat Depressionen, andere Todessehnsucht, ich bin Romantiker, das macht das Leben einfacher. Ich kann mich am Morgennebel, durch den die Sonne hoffnungslos versucht hindurch zu dringen, erfreuen. Bis endlich ein kräftiger Wind in der Lage, Klarheit zu schaffen.

Es war so ein schon recht frischer, düsterer Novembermorgen als ich mich widerwillig aus dem Bett heraus drehte. Wilhelm Busch hatte schon recht, wenn er sagte: „Des Lebens schrecklichster Moment, ist wenn man sich vom Bette trennt ."

Ich stand wie immer früh 4Uhr30 als erster auf, machte das Radio an, hörte aber kam hin was der Nachrichtensprecher so täglich für Erfolge beim Sieg des Sozialismus zu verkünden hatte.

Hatte ich mich da verhört? In Berlin war die Mauer offen, schon in der Nacht waren die Ersten hinüber in den Westteil der Stadt geströmt, sie kamen jetzt total verrückt vor Glück zurück, in den Osten, um auf Arbeit zu gehen. Es folgte im Rundfunk Interview auf Interview mit Leuten die tatsächlich aus Westberlin zurück kamen.

Wie gelähmt stand ich in der finsteren Stube. Ich konnte mich nicht rühren, wie versteinert stand ich wo ich stand, und bemerkte, das meine Augen feucht wurden. Ich stand da und weinte, fassungslos, voller Hoffnung. War das ganze ein Spuk, ein böser Scherz, hatte ich mich verhört. Fassungslos starrte ich auf das Radio in der Schrankwand, was ich da hörte machte mich fassungslos. Ein Loch in der Mauer, wie lange würde das offen sein. Was kam jetzt, was war hier los? Unfassbar.

Meine bessere Hälfte glaubte mir kein Wort, ich erntete ein mitleidiges Lächeln, mehr nicht. Wie jeden Tag, fuhren wir mit der überfüllten Straßenbahn zur Arbeit, auch hier nur ein Thema, gemischt mit Freude, und Zweifel. Ich nahm unsere Ausweise, stieg an der Polizei aus. Ich wollte es jetzt wissen, scheiß auf die Arbeit, mir war heute alles egal. So lief ich eilig, früh gegen sechs Uhr, am 09. Nov. 1989, in Karl-Marx- Stadt über die Straße in Richtung Polizei, Meldestelle, und sah schon eine Menge Menschen dort versammelt. Irgendwann, so um acht öffnete die Behörde. Uns empfingen wie immer schlecht gelaunte Kommunisten -Weiber mit großem Parteiabzeichen. Die Weiber beim Zoll oder der Polizei, waren die schärfsten, aber heute schienen sie ratlos zu sein. Schließlich bekamen wir jeder ein Bündel Papier, welches wir für eine einmalige Ausreise aus der DDR ausfüllen sollten. Hilflos standen wir dieser Aufgabe gegenüber. Ich ging wie viele andere nach Hause und versuchte diese Zettel aus zu füllen. Dann hatte ich die Nase voll, diese Doktorarbeit wollte ich nicht auf mich nehmen. Ich fuhr zurück auf die Polizei, Menschen ohne Ende. Nachdem sich lange Zeit nichts getan hatte, ruckte die Warteschlange an. Jetzt ging es hintereinander weg. Ausweis hinlegen, Stempel hinein gekracht, der Nächste bitte. Das war ja verrückt, ich hielt zwei abgestempelte Ausweise in der Hand, mit der ständigen Ausreisemöglichkeit aus der DDR. Das war nicht zu fassen, ich hätte am liebsten laut Hilfe geschrien.

Auf Arbeit fragte keiner woher ich kam, jetzt wollten alle nur meinen Stempel im Ausweis sehen. Diesen Glücksmoment kann man nicht in Worte fassen, ich habe dieses Gefühl der Freiheit und unbeschreiblichen Freude bisher nur einmal im Leben erlebt. Dann nie wieder, das macht diesen Novembermorgen 1989 so unvergesslich. Ein Glücksmoment der Sonderklasse.

Für genau diese Reisefreiheit, waren wir auf die Straße gegangen, jeden Montag nicht ohne Angst und oft auch mit einem schlechten Gewissen. Angst vor den bewaffneten Kampfgruppen aus den Betrieben, vor der Volksarmee, und den

Russischen Panzern, wie damals am 17. Juni 1954.

Das diese Maueröffnung bestand haben würde, daran glaubte an diesen Tagen kein Mensch, in ganz Deutschland.

Im Osten kam eine neue Angst hoch, die vor Repressalien durch die Macht der roten Betonköpfe. Sollte diese ungeheuere Schlacht schon gewonnen sein? Dieses einmalige Loch in der Mauer nutzten viele Menschen noch schnell zur Flucht.

Kaum zu glauben

Spätherbst 1990, es wurde langsam kalt, wir waren nun dem Staat mit der Deutschen Leitkultur beigetreten. Ich Idiot dachte aber immer noch, es wäre das Gleiche wie die Wiedervereinigung Deutschlands.
Hatten wir Deutschen in Ost und West, nicht denselben grauenvollen Krieg vom Zaun gebrochen, und wurden als Verlierer desselben geteilt?
Jetzt sollte zusammenwachsen, was zusammen gehört. Für mich war es nur allzu natürlich, das jetzt jeder der beiden Bevölkerungsteile sein Bestes in das neu entstandene Deutschland einbringen konnte. Aber weit gefehlt, die Einheit des Vaterlandes fand nur im Osten statt. Von heute auf

morgen bekamen wir im Osten die Westdeutschen Gesetze übergestülpt, in manchen Fällen machten wir Rückschritte, da waren wir schon moderner. Da die im Westen, mit ihrer Gesetzgebung noch auf dem Weg waren, ging es erstmal verschiedentlich rückwärts.

Schließlich galt jetzt der Einigungsvertrag, in vielen Fällen noch DDR Verordnungen, und deren Gesetze. Die westdeutschen Gesetzestexte waren uns fremd, standen auch nicht sofort zur Verfügung. Ich denke nur an äußerst schwierige von uns nicht gekannte Vertragsverhandlungen und Ausschreibungsverfahren. Alles neu. Wir arbeiteten in der DDR nach TGL-Normen und bekamen Halbzeuge, wie Eisenträger, und Rohre nach GOST-Norm von den Russen geliefert. Die Westdeutschen hatten noch wie wir früher ja auch, die alte DIN- Norm, aber das war völlig neu für die jungen Kollegen, ich besaß noch meine alten Unterlagen von früher, und war fein raus.

Ich will damit nur sagen, die Veränderungen waren so komplex, und liefen in so rasantem Tempo ab, das man aufpassen musste nicht verrückt zu werden. Ich habe ca. ein Jahr vor dem Mauerfall, und bis drei Jahre nach der Wende, kein Buch gelesen, keine Musik oder CD gehört, ich war ausgebrannt müde und kaputt.

Erst diese Montagsdemos, die Angst, Mensch was soll nur werden, wann schießen die, wenn sie sowieso verlieren.
Dann der Glücksmoment Mauerfall, schließlich wurde im Schweinsgalopp das realisiert, was wir heute als Wiedervereinigung bezeichnen. Dazwischen

aber immer wieder das Misstrauen, hält das Ganze, oder wird das Loch in der Mauer bald wieder zugemauert sein. Wollten wir die Entwicklung denn bis zum bitteren Ende, als nur Beigetretene. Oder wollte das nur der Kohl, der uns besoffen gequatscht hatte, wie damals der Apostel Paulus die Korinther besoffen quatschte, und schließlich Wissen durch Glauben ersetzt wurde.

Ich glaubte damals auch daran, das man mit Fingerspitzengefühl vorgehen würde, vielleicht erwog man sogar, jetzt an eine neue, der Zeit angepasste Nationalhymne zu denken. Wenn die jetzige erklingt, sitzt es doch bei jedem noch im Kopf fest : Deutschland, Deutschland über alles und so weiter.......

Aber leider gab es keine Bemühungen so etwas in Erwägung zu ziehen, vielmehr bemühte man sich im Osten den Urkapitalismus wieder hoffähig zu machen. Was jetzt passierte war unter der Gürtellinie, alles platt machen, um jeden Preis. Dem Westen schnell eine mögliche Konkurrenz aus dem Wege räumen. Dazu gab es ein Instrument und das hieß Treuhand.

Ab sofort, gab es hier im Osten alles billig, für ne Mark. Sie konnten dafür ein Schloss kaufen, einen Eisbären vom liquidierten Staatszirkus, es gab nichts was es nicht gab. Mein neuer Trabi war gerade mal noch einen Kasten Bier wert. Nie habe ich eine nervenaufreibendere Zeit erlebt. Da wurde eine beachtliche Fluggesellschaft liquidiert, die Interflug. Das Traumschiff stand zum Verkauf, wie die heutige „Astoria", in der DDR lautete ihr Name „ Arkona". Alles musste weg, die DEFA, die

Rundfunkanstalten, Maschinenfabriken von Weltgeltung. Betriebe des Chemieanlagenbaus. Alles Katzenscheiße, Hundedreck, alles für ne symbolische Mark. Sie alle, die über das nötige Kleingeld verfügten, konnten sich ihren Jugendtraum erfüllen, und eine Fußballmannschaft kaufen, alles war möglich.

So wurde der gesamte DDR Fußball gegen den Baum gefahren.

Damit einer die „Weiße Flotte" in Dresden kaufte, gab es noch einige Traumvillen obendrauf. Endlich hatte man auch diese Schmuckstücke verhökert.

Selbst als die Russen nach dem Krieg einmarschierten, ging es geordneter zu. Die Russen nahmen was sie brauchten, ab damit in die Heimat zur Wiederverwendung, dabei bauten sie uns auch gleich einen

Schienenstrang, bei der Deutschen Reichsbahn ab.

Die jetzt kamen, um uns zu helfen, nämlich unsere Brüder und Schwestern aus dem Westen, bauten im übertragenen Sinne, das verbliebene zweite Gleis nun auch noch ab. Alles musste privatisiert werden. Hatte man erst die Kundenlisten der Betriebe, konnten diese i.L. hinter ihren Firmennahmen schreiben. Was dachten sie denn, welcher Ausländer noch etwas in einem Betrieb kauft, der in Liquidation steht. Aber dafür kann ja die Treuhand nichts, liebe Leute, war die offizielle Lesart. Es war vieles nicht nachvollziehbar. Hier wurde Raubbau getrieben. Dabei hatte man uns doch nach dem Mauerfall gesagt, wir werden das ganze Volkseigentum in der DDR verkaufen, also privatisieren. Die erzielte Summe durch 17

Millionen DDR Bürger teilen. Diesen Betrag von ca. 20 Tausend gibt es auf die Hand, da wir in der DDR ja nichts privat angespart hatten.

Aber kein Mensch sprach dann mehr davon, im Gegenteil, wir im Osten hatten jetzt auch noch Altschulden. Das waren Sozialbauten aus der roten Vergangenheit, welche der Staat bezahlt hatte. Ich habe mal gehört, dass man davon den Geldumtausch von Ost in West wenigstens annähernd ausgleichen wollte.

Wer früh am Morgen nach dem Westen ging, hatte am Abend keine Altschulden mehr. Für mich noch bis heute nicht nach vollziehbar. Die erzielten Gelder aus der Privatisierung gingen im hohem Maße als Prämien an die Mitarbeiter, der mit westdeutschen Amtshelfern besetzten Treuhand.

Ein Kumpel von mir arbeitete bis zuletzt in einem Volkseigenem Betrieb, der zu DDR Zeiten, elegante Bademoden herstellte, und nach drüben exportierte. Diese alteingesessene Firma wurde ebenfalls auf Null herunter gefahren. Er, mein Kumpel war der Letzte, der das Licht ausmachte, die Papiere ordnete, alles auf Disketten brannte, die er selbst auf seine Rechnung kaufte. Dann wartete er, um die Firma ordnungsgemäß an die Treuhand zu übergeben. Nichts tat sich, die Bude interessierte kein Schwein. Fassungslos rief er in Berlin an. Dort bekam er zu verstehen, er solle den Schlüssel in den Briefkasten werfen und gehen. Der arme Kerl ist fast durchgedreht, andere haben an seiner Stelle angefangen zu saufen, es war eine schlimme Zeit. Je mehr Betriebe dicht machten, um so mehr Menschen bekamen plötzlich eine nie gekannte Angst, vor der Arbeitslosigkeit und dem sozialen Abstieg, was passierte hier?

Das Schlimmste aber war, das an jeder Schlüsselstelle im Lande plötzlich westdeutsche Amtshelfer saßen. Wir waren regelrecht besetzt. Sogar in den Fahrstühlen der Ämter rief eine Bayrische Stimme die Etagen aus. Ich musste immer in den vierten Stock, und wenn die rollende Bayerische Männerstimme erklang, vierrrrterrr Stock, stand ich jedes Mal kurz vor einem Wutanfall. In diesem Chaos Ost-Deutscher Umgestaltung, wurde man dünnhäutig, war aber auch schon dabei, sein Selbstbewusstsein und seinen Stolz zu verlieren, wenn man täglich vorgeworfen bekam, was die Deutsche Einheit kostete, die man ja vielleicht gar nicht so wollte, wie sie sich jetzt darstellte.

Eine Erfahrung hatte ich schon gemacht, aller Anstand wurde jetzt dem Geld untergeordnet. Das konnte schon Angst machen. Ich war erschüttert, und in meiner Ehre verletzt, wenn ich hörte, das die Amtshelfer aus dem Westen, als Reisekosten und Trennungsgeld, eine Buschzulage erhielten, das war tatsächlich die offizielle Bezeichnung. Das konnte doch nicht war sein, die hatten uns also aus dem Urwald gelockt, mit einem Stück Seife von Aldi.

Ich kam mir vor wie eine Junge Braut, welche man wegen ihrer schönen Ländereien geheiratet hatte, die aber fortan froh sein konnte, wenn sie am Gesindetisch Platz nehmen durfte.

Ich war immer im Leben Sachse, besonders während der Sowjetischen Besatzungszeit, wäre es mir nicht in den Sinn gekommen, dieses Land zu verlassen, nur weil es mir woanders besser ginge. Würden alle die Heimat verlassen, dann würde der Freiraum von irgendwelchen Leuten besetzt, von irgendwo her, und alte Traditionen, wären vergessen, und Kulturgüter würden zerstört, verschleppt und verhökert. Irgendwie haben wir den nach dem Westen Geflohenen, doch die Heimat erhalten. Natürlich wird darüber nicht gesprochen, aber im Zusammenhang mit der Einheit Deutschlands schon interessant.

   Als ich den neuen Personalausweis erhielt, der mich als Bundesbürger deklarierte, fühlte ich mich nicht wohl, ich mochte ihn nicht. Dieser neue Deutsche Staat war weder mein

Vaterland, noch fühlte ich mich hier aufgehoben oder geborgen. Dieser Staat ernährte mich zwar immer gut, zahlt mir auch eine gute Rente, aber er hat mich nie gebraucht. Und wer nicht gebraucht wird, der ist irgendwie heimatlos und unglücklich. Das ist in einer Familie nicht anders.Wir werden es an der zukünftigen Rentnerarmut im Osten merken, schließlich war, und ist die Arbeitslosigkeit hier um vieles höher als im Westen, auch liegen die Verdienste sehr weit auseinander. Aber das haben viele noch gar nicht geschnallt.

Was wollten wir mehr, wir bekamen unseren neuen Landesvater aus dem Westen vor die Nase gesetzt, den König Kurt.

In Chemnitz und anderswo bekamen wir einen Westbürgermeister, kaum ein Amt was nicht von drüben besetzt war, natürlich alles

CDU in Sachsen. Ich hatte ja auch diese Partei gewählt, obwohl wir Sachsen kaum gläubig waren, hatte die Mehrheit christlich gewählt. Dort steckte ja schließlich die Verbindung zum Geld. Wir Sachsen sind pragmatisch, deshalb haben wir heute noch als einzige den Bus und Bettag als Feiertag, von ganz Deutschland. Wieder so ein Schwachsinn gegen den man machtlos war. Von den Genossen der SPD war nicht viel zu erwarten, die hielten sich in ihrer Vereinigungsfreude sehr bedeckt.
Dem Willi Brand nehme ich seine Freude darüber allerdings ab.

Und was die Amtshelfer von Drüben, alles in ihrem Gefolge mitbrachten, es war wie im Märchen. Die alten Nazis krochen nun wieder aus ihren Löchern, die von und zu, Prinzen kamen und kauften ihre alten

Besitztümer zurück. Das Haus Wettin stellte Forderungen an Sächsische Museen, und wurden auch angehört, vielleicht sogar erhört. Wer weiß.

Hatten wir nicht nach dem ersten Weltkrieg eine Revolution, der Kaiser dankte ab, der letzte Sachsenkönig verschwand, war damit nicht alles geklärt?

Das verstehe wer will, ich nicht.

Im Dez. 2009 wird es öffentlich gemacht: 18 000 Einzelstücke wurden bisher zurück gegeben, davon wurden 2/3 zurück gekauft. Man kann gar nicht so viel Fressen wie man Kotzen möchte, wenn man das hört. Und das Spielchen geht weiter.

  Das Schönste aber war, das die alten roten Genossen immer noch in Amt und Würden waren. Sie spielten jetzt " Graue Eminenz ", wenn man ihnen einen Amtshelfer vor die

Nase gesetzt hatte. Von nun an wachten die Altkommunisten streng darüber, das kein Montagsmarschierer einen der wenigen verbliebenen Jobs erhielt.

Die wir los werden wollten, verteilten jetzt die wenigen, verbliebenen Arbeitsplätze im Land. Das habe ich am eigenen Leibe erfahren müssen. Unser Betrieb war in viele kleine Unternehmen aufgesplittert. Alles war übersichtlich, wir waren eine Aktiengesellschaft geworden, in welcher der alte gefährliche kommunistische Betriebsleiter noch alle Fäden in der Hand hielt. Genau der, welcher mir verboten hatte, die Ansichtskarte aus dem Jemen in Umlauf zu geben. Er war es auch, der in einer Abteilungsleiterberatung, nach den ersten Krawallen in Karl-Marx-Stadt, am Luxorkino, wörtlich sagte: „ Wenn heute bei Euch einige

fehlen, liegt es daran, das wir Gestern mit einigen subversiven Elementen kurzen Prozess gemacht haben. Wir lassen uns die Macht der Arbeiterklasse nicht aus der Hand nehmen. Tatsächlich hatte mein Stammtischkumpel Detlef, von der Polizei so eine aufs Maul bekommen, das sein Unterkiefer gebrochen war. Diese erste Demo war noch an einem Freitag, es gab ab jetzt keine Ruhe mehr.
Immer Montags 18Uhr, aber nicht ohne Angst, das die schießen.
Ein alter reaktivierter Gewerkschafter aus dem Ruhrgebiet, hatte jetzt, im vereinten Deutschland, in unserer AG das sagen. Er führte einen Dreiköpfigen Vorstand an, dabei war er doch schon Rentner gewesen, und hatte sich mit der Buschzulage in den Osten locken lassen. Er war ein guter Kerl, eben ein

Kumpel. Sein bester Freund war der alte rote Scharfmacher, aus der Sowjetzeit, der jetzt tat, als hätte er den Kapitalismus erfunden, und darauf achtete, das die welche seinen Sozialismus stürzten, im neuen Staat keine Chance bekamen.

Eines Tages traf mich der Schlag, meine Stelle als Abteilungsleiter, und die meines Chef's, als Fachdirektor, waren zur Neubesetzung ausgeschrieben. Am schwarzen Brett in der Lobby des Hauses. Bis heute begreife ich nicht, wie so etwas geht. Jetzt hatte man mich kräftig in den Arsch gekniffen, geschah mir ganz recht, was war ich auch zu den Montagsdemos gerannt. Die anderen waren da schlauer, und daheim geblieben. Mit denen konnte Jeder, ganz egal was passiert wäre, sie waren gesichtslos, und wieder verwendbar.

Ich will es kurz machen, die alten Machthaber schoben die Figuren so hin und her, bis die Montagsmarschierer frei gespielt waren. Man war nett, sagte mir, das ich weiter hier arbeiten könne, aber man mir nicht garantieren könne in welchem Betriebsteil, zu welcher Zeit ich eingesetzt würde. Ich sollte mich auf eine umfangreiche Reisetätigkeit einstellen. Mir war alles klar, das war hinterhältig. So verabschiedete ich mich in den Vorruhestand, mit 55 Jahren. Mein letzter Arbeitstag endete 16 Uhr, in der Nacht 24 Uhr war die Möglichkeit, Vorruhestandsgeld zu beziehen, endgültig vorbei. Ich beendete mein Arbeitsleben, so unbeachtet, als ob ich hier im Betrieb, nur eben mal einen Brief abgegeben hätte. Dass tat weh, interessierte aber kein Schwein.

Ich hatte unterschrieben, dass ich nicht mehr in Arbeit vermittelt würde, musste mich aber auf dem Arbeitsamt melden, und konnte nur mit Erlaubnis des Amtes meine Stadt verlassen. Das war also die neue Freiheit. Nach einem Jahr und vielen bösen Schreiben hin und her, konnte ich endlich zu meiner erkrankten Mutter von Chemnitz nach Dresden fahren, ohne mich jedes Mal abmelden zu müssen.

Derweil die, welche wir eigentlich in die Braunkohle schicken wollten, frisch und munter die Vorzüge des vereinten Deutschland genossen, und nicht wenig schönes Westgeld verdienten. Die ehemaligen Genossen waren in ihren schicken Anzügen kaum wieder zu erkennen, und sprachen sich nur noch mit Herr und Frau sowieso an.

Kollegen und Genossen, das war Gestern, wir sind eine Damen und Herrengesellschaft geworden.

Nach einer friedlichen Revolution, die so von denen genannt wird, die gar nicht dabei waren.

Nachgedacht

Es gibt sie wirklich die Schicksalssymphonie, von Joseph Heyden. Er lies ein großes Orchester aufspielen. Die wunderbare Musik erfüllte den Raum, so wie unser Leben mit Ideen und Leidenschaft angefüllt ist. Dann endlich verlässt fast unbemerkt ein Musiker nach dem anderen den Konzertraum, bis der Besucher merkt, hier geschieht etwas, noch spielt sie, die Musik, noch ist ihr Klang ungebrochen, nur ist sie im Begriff immer dünner und leiser zu werden, bis schließlich der letzte Ton verklingt. Stille ist eingekehrt, die Zeit ist stehen geblieben, die Zeit ist gleich Null. Auf den Menschen bezogen bedeutet das, auch wir werden leiser, bis auch wir in der ewigen Stille angekommen sind. In eine Welt ohne Zeit, ohne Rückkehr.

Als ich so um die 40 Jahre alt war, musste ich mich einer Gallenoperation unterziehen. In den 70 igern schnitt man zu diesem Zwecke den gesamten Bauch von oben nach unten auf, macht heute kein Mensch mehr. Da ich schon immer von stabiler Statur war, nannte man das im Krankenhaus, eine tiefliegende Galle. Mit mir im Krankenzimmer lag ein quirliger junger Kerl. Der war es, welcher feststellte, das ich nicht mehr atmete, nachdem man mich nach der OP zurück ins Bett verfrachtet hatte. Er machte sofort Terror auf Station. Endlich kamen sie angewetzt, schlugen mir ins Gesicht, und rannten mit mir im Bett zum Fahrstuhl, der zum Glück auf der Etage stand, und ab ging es auf die Intensivstation. Ich hatte zwei

Schutzengel, den aufmerksamen Jungen, und das Glück, das der langsame, altmodische und krächzende Lastenfahrstuhl oben stand, hätte man den erst holen müssen, wäre es zu spät für mich gewesen.

  Auf dem Weg in die Intensivstation erlebte ich etwas, was nicht jedem im Leben widerfährt, ich war von dieser Bühne abgetreten, und betrat eine weiße helle offene Landschaft. Es war wie an einem sonnigen Oktobermorgen, wenn die Nebel sich lichten, und sich die Landschaft in tausendfachem Licht erhellt. Der Tot hatte nichts Erschreckendes für mich. Als man mich endlich ins Leben zurück holte, sah ich alle die um mich herum standen, mit riesigen Kuhköpfen, was mich sehr verwunderte. Dann war ich wieder weg, bis zum nächsten Schlag ins Gesicht.

Ich überlebte den ganzen Spaß, und wurde am Entlassungstag von einem Kollegen abgeholt, der sich angeboten hatte mich mit seinem Wagen nach Hause zu fahren. Natürlich führt eine solche Nähe zu offenen Gesprächen, und einer gewissen Vertrautheit. Damals wusste ich nicht, dass er von der Stasi auf mich angesetzt war. Es ist ein unbeschreiblich trauriger seelischer Zustand, wenn man feststellt, das der nette Kollege, zu dem man schon freundschaftliche Gefühle entwickelt hat, plötzlich als das letzte Schwein da steht. Es sollte nicht der Einzige bleiben, der mein Vertrauen missbrauchte. Noch heute, 25 Jahre nach dem Mauerfall, gehen wir uns noch aus dem Weg, kennen uns nicht mehr, es gab auch keine Notwendigkeit etwas zu besprechen. Schluss, aus ‚vorbei. Was bleibt ist die Bitterkeit, und der Selbstvorwurf, diese beschissene Stasi-Akte eingesehen zu haben.

In ihr befinden sich auch ganz private Briefe von mir, welche die Stasi abgelichtet hat, und diese Dinge gehen Niemanden etwas an, auch nicht dem Staat Bundesrepublik Deutschland, deshalb bin ich für die sofortige Vernichtung aller Stasi-Akten. Was soll die ganze Aufarbeitung der Geschichte denn bringen. Es werden die Unterlagen ja doch solange gedreht und gewendet, bis sie dem jeweiligen Zweck genügen. Weg mit diesem Dreck.

Die DDR ist Geschichte, ich lebe noch. So wird jeder in seine Zeit hinein geboren, mein Urgroßvater verreckte im ersten Weltkrieg, mein Vater wurde mit dreißig Jahren von Partisanen in Rumänien massakriert. Ich hatte Glück, an mir wurde nur der Sozialismus ausprobiert. Aussuchen konnten wir es uns alle nicht. Und doch verlangt man von uns, dass wir uns für Dinge schämen, die wir so auch nicht wollten. Eigentlich toll was man in so einem kurzen Menschenleben alles erleben darf, oder besser mitmachen muss.

Zuerst brüllte Deutschland :Heil Hitler, dann kroch der eine Teil Deutschlands den Amis in den Arsch, der andere Teil bettelte um die Freundschaft mit der siegreichen Sowjetunion.
Als dieser
Zirkus nach fast fünfzig Jahren vorbei war, hatte man sich in Deutschland auseinander gelebt. Jetzt gab es die besseren Menschen im Westen, und die nicht zu beneidenden im Osten, die sich immer anhören mussten:

"Wisst ihr überhaupt, was uns die Deutsche Einheit gekostet hat? Ihr im Osten seid undankbar und Arbeiten habt ihr auch nicht gelernt, ihr hattet ja gar kein Material." Ständig mit solchem bösartigem Schwachsinn konfrontiert zu werden, strengte an, machte böse, und traurig zu gleich. Zum Glück hat sich unser Zusammenleben erträglich gestaltet, aber es gibt immer noch zu viele im Westen der Heimat, welche die ganze Welt gesehen haben, denen heute noch Ostdeutschland so Fremd und weit entfernt ist wie Sibirien

Beim Friseur

Sie kennen das Lied: Es steht eine Mühle im Schwarzwälder Tal, die klappert so leis vor sich hin.
Das Lied habe ich seit meinem 10. Lebensjahr im Kopf, und ich Freude mich dieses Stück Deutschland nun endlich nach der Wende kennen zu lernen. Was machte es dabei aus, das ich darauf fast 50 Jahre warten musste, was zählte war, ich durfte es noch Erleben.
 Die Fahrt von Sachsen zum Schwarzwald, unterbrachen wir am Neckar bei Freunden, es war eine herzliche Angelegenheit, damals wie heute. Ich will damit sagen, das es nicht nur Misstöne zwischen Ost und West gibt,

jetzt im Jahre 2015 denke ich es hat sich schon manches gebessert.

   Aber unsere Fahrt fand ja 2 Jahre nach der Vereinigung statt. Wir beschlossen in der Mitte unseres Zieles in einer netten Kleinstadt zu bleiben. Das Quartier bezogen wir bei einer netten Wirtin in einem neuerbauten Gästehaus. Dieses war ein totaler Holzbau etwas versteckt im Ort, also ohne den erhofften Fernblick. Aber dafür waren wir am Abend schnell daheim, und brauchten nicht erst irgendwo auf den Berg hinauf kraxeln. Das Haus war eine Wohlfühloase, alles vom Besten. Für mich das schönste, es gab hier nicht weit entfernt, den von mir ersehnten Mühlenwanderweg.

   Am Morgen schnappte ich mir das Auto und suchte einen Friseur, den ich auch bald fand. Auch hier alles vom Besten, Parkplatz vorm

Laden, nach 10 Minuten wurde ich schon bedient. Was will man mehr, gut gelaunt nahm ich Platz. Da ich ein freundlicher Mensch bin, kam ich auch gleich mit dem Friseurmeister ins Gespräch. Am Anfang ein vorsichtiges Abtasten, und viel pla, pla pla bis er konkret wurde: „Wie ich höre sind sie bestimmt aus Thüringen oder Sachsen?" " Aus Sachsen, genau gesagt aus Chemnitz," Er: „Aus Ruß- Chemnitz, da waren sie doch eingesperrt, hatten sie denn keine Angst vor der Stasi?" Ich merkte , das er irgendwie einen Klops im Hals hatte, und sagte ihm:" Ach wissen sie das ist alles relativ, der Mensch richtet sich ein, und findet seine Nische, in der er sein Leben gestalten kann, wir hätten uns das alles ,was nach dem Krieg passierte, auch anders gewünscht. Sie sehen ich sitze gut gelaunt und gesund hier Nur wovor ich in diesem Deutschland jetzt Angst habe, das ich eines Tages unter der Brücke lande. Wenn ich sehe was sich so auf dem Arbeitsmarkt abspielt. „Na hoffen wir das Beste."

Ich sah ihm an, dass er mich nicht verstanden hatte, oder wollte. „Von uns Verwandte waren in Leipzig im Hotel, da mussten sie nach dem Essen anstehen, wie bei ihnen früher, die Portionen waren klein, und der Preis war hoch. Ich fahre da bestimmt nicht hin." „ Das ist allein Ihr Problem," war meine angefressene Antwort. Eigentlich wollte ich das Gespräch beenden, aber er gab noch nicht auf: „Dann sind sie wohl mit der Bahn hier?" „Nein," meine Antwort ‚Er darauf :"Aber mit dem Trabant die weite Strecke?" Ich sagte ihm mit einem sauerem Lächeln:" Es gibt ja auch noch andere Autos in Deutschland," und zeigte auf den metallic - grünen Golf vor seinem Laden, „Was, der ist Ihre?" Das waren seine letzten Worte.

Ich zahlte an der Kasse und ging verärgert davon, so ein Mensch konnte einem den ganzen Tag versauern. Wir hatten trotzdem noch eine tolle Zeit hier. Über dieses alte Eckel von Friseur, kann ich mich heute nach so vielen Jahren, noch ärgern.

Requiem für eine Trümmerfrau

Geboren wurde das Mädchen, als der erste Weltkrieg zu Ende ging, in Berlin. Man taufte die Kleine auf den schönen Namen Margarete, und gab dem Bastard schließlich zur Großmutter nach Sachsen. Ein uneheliches Kind, was für eine Schande, weg damit.
Damit war das Problem für Berlin erledigt. Aus den Augen aus dem Sinn.

Hier in der neuen Heimat nannte man das Kind nur noch Gretel. Ihre Mutter in Berlin hatte durch eine Heirat ihren Namen auch geändert sie hieß nun Noack.

Die Noack war eine stämmige gut gewachsene Person, welche das Schicksal von Polen nach Berlin verschlagen hatte. Der

Polin Reitz machte sie zu einer Exotin in der lebenshungrigen Weltstadt-Metropole, nach dem trostlosen, sorgenvollen Kriegsjahren. Der Vater unserer Gretel war ein eleganter noch in den besten Jahren stehender Lebenskünstler, seines Zeichens Kapellmeister und Komponist. Elegante Robe ein ausschweifendes Leben, da wo sich die Knaben als lustvollen Zeitvertreib anboten, benötigte der angesehene Künstler, ein Alibi. Genau zur rechten Zeit, wie gerufen, betrat die formvollendete Polin die Bühne. Sie war genau nach seinem Geschmack, ein Hingucker und Schutzschild zugleich.

Das die schwule Veranlagung des hochverehrten Komponisten, zwei Generation später, wieder auf tauchte, damit rechnete Keiner. Der, den es dann nach Jahren betraf, er hatte allein mit dieser

Spielart der Natur zu kämpfen. Ihn traf das Unverständnis der feinen Familie. Die Gutmenschen schauten auf ihn herab, und sparten nicht mit anzüglichen Sprüchen. Also wehrte sich dieser Verzauberte anfangs noch mit Händen und Füßen gegen diesen physischen Stress, den Kampf musste er verlieren. Er ging weg von zu Hause, großes Aufatmen bei den zurück bleibenden. Das Schwule Schwein, oder wie die Schwester zu sagen pflegte, den Humu war man los.

So manches Weihnachten verbrachte der vom anderen Ufer, nun allein, mal in Bahnhofswartehallen auch unter Sowjetischen Touristen oder zwielichtigen deutschen Gestalten. Natürlich weckte seine Jugend Begehrlichkeiten, auch bei alten voll gesoffenen Kerlen, oder fetten Weibern die sich besser erst einmal rasiert hätten.

Er durchlebte in einer fremden Umgebung, eine recht schwierige Zeit. Im Beruf musste er stets etwas besser sein als die Anderen. Das strengte an, war es doch ein Trumpf seinerseits gegen die ach so normalen Kleinbürger mit ihrer Doppelmoral, nicht zu Letzt in seiner Familie, welche ihm langsam egal wurde. Alles nur Mischpoche. Im jüdischen sagt man, es ist nichts zum Essen, aber zum Kotzen, diese Familie, einschließlich der gesamten Verwandtschaft.

Man hört heute oft die Forderung, nach einer Überarbeitung oder Modernisierung des Koran, um einige Fehlinterpretationen zu vermeiden. Es mag eine wichtige Sache sein, die da angestoßen wird. Die Christen selbst, sind aber auch nicht bereit, ihre alten überholten Zöpfe ab zu schneiden. Selbst in der Evangelischen Kirche werden die Rechte von Schwulen und Lesben einfach ignoriert, und Menschen werden ausgegrenzt. In einer Zeit in der wir das Weltall erkunden, auf dem Mond landen können, behauptet die Kirche immer noch Schwul ist eine Krankheit, die man wegbeten kann. Es ist Unglaublich, aber wahr. Aber die Spitze der Verblödung wurde bei Einführung der Homo-Ehe bei Bild abgedruckt. Da fragte doch tatsächlich einer an, ob und wann er seinen Hund heiraten kann. Vielleicht noch einmal für die, welche vor lauter Bibelversen lesen, es noch nicht kapiert haben: Ehe und Partnerschaft bedeutet immer, in welcher Form der Bund auch geschlossen wird, Verantwortung für den Partner zu übernehmen, in guten und schlechten Zeiten. Hallo was ist daran schlecht, oder unchristlich. Natürlich liebt jeder seinen Hund, aber Verantwortung kann dieser nun mal nicht übernehmen. Amen !

Das soll hier vorerst nicht im Weiteren das Thema sein, schauen wir zurück zu unserer kleinen Gretel, sie wuchs bei der Großmutter wohl behütet auf, wie so viele Oma-Kinder heute noch. Es ging ihr gut bei der alten Geschäftsfrau, sie konnte als Kleinbürgerliche in einem der besten Dresdner Modehäuser Schneiderin werden, sie schaffte es später bis zur Meisterin, konnte Schnitte selbst zeichnen, und machte aus buckligen alten Hexen, durch ihre geschickten Hände , noch ansehnliche Damen.

So lebten die beiden recht gut miteinander, die Großmutter war stolz auf Greten, wie sie diese auch nannte. Aber wenn sie diesen Ausdruck benutzte, war die Stimmung der

Jungen am Nullpunkt angelangt. Mit diesen Worten reichte die Alte der Jungen die Handtasche, dann folgte ein kurzer Hüftschwung, und die Schlitzhosen, auch Rüberrücker genannt, gaben soviel Platz unter dem langen Rock frei, das bald ein kleines, manchmal auch größeres Bächlein unter dem edlen Stoff hervor sprudelte, und dann zwischen den Schuhen davon tümpelte. Für die alte Dame kein Problem, für Greten, aber schon. Am liebsten wäre sie aus Scham im Erboden versunken, aber der wurde ja gerade gewässert. Die Oma, und feine Geschäftsfrau deshalb zu kritisieren, undenkbar.

Als die alte Dame eines Tages ihren Heimweg antrat, stand das Mädchen mit 17 Jahren, einer geldgierigen Verwandtschaft gegenüber, welche sie kaltblütig um ihr Erbe erleichterte. Ein Ausweg aus dieser ekelhaften familiären Umklammerung schien ein junger Zimmermann zu sein. Ein schwarzer hochgewachsener Kerl, gut anzusehen, immer zu Späßen aufgelegt, nur leider eben ein bettelarmer Junge.

Als Gretel 18 Jahre war, heirateten die Beiden. Das war 1936, nach einem Jahr kam ihr erstes Kind, ein Junge zur Welt. Aber schon 1939, sie hatten noch nicht richtig zu Leben begonnen, wurde der Zimmermann einberufen.

Das junge Ehepaar, verband ein ähnliches Schicksal. Er war das uneheliche Kind eines Garde-Offiziers, der längst weiter geritten war. Seine Mutter brachte ihn, nach einer durchtanzten Nacht bei einer Freundin zur Welt und verschwand.

Nach seiner Taufe in einer christlichen Sekte, wurde der hilflose Wurm von einem älteren Ehepaar Namens Liebold in Obhut genommen, sie nannten ihn Paul, sein eigentlicher Name war uninteressant.

Ihr Paul war der Stolz der kleinen neuen Familie, zumal die eigene Tochter einen Schuss ins Grüne hatte, und zu nichts anderem als zum Beten zu gebrauchen war. Sie war religiös total verklärt, die Elsa. Paul hatte als junger Kerl die Fronten geklärt, indem er ihr die gefüllte Waschschüssel hinterher warf. Ihre Heiligkeit hatte verstanden.

Das bei Liebolds vor dem Essen gebetet wurde war Paul gewöhnt. Das war eben so. Der Vater war Beamter bei der Bahn, was ja immerhin etwas war, aber die Familie nicht ernährte. Paul kannte seinen Ziehvater daheim, fast nur mit einem Mund voller kleiner Holznägel, mit denen die Schuhe der Leute besohlt wurden. Er schusterte in der Wohnung noch nebenbei, wenn er nicht im Garten arbeitete, oder zum Verkauf mannshohe Weihnachtspyramiden herstellte. So schön wie es sie sonst nur im Erzgebirge gibt.

Paul und seine Pflegeeltern waren stolz auf ihren Enkel. Sie konnten ihr Glück kaum fassen. Es viel dem jungen Vater wahnsinnig schwer seine Familie zu verlassen, um in den Kampf zu ziehen, mit ungewissem Ausgang für die an der Front, und Daheim. Was blieb war die Hoffnung, das es nach dem Krieg eine schönere Zeit für sie alle geben würde.

  Kurz vor Kriegsende wurde noch ein Mädchen geboren, welches aber keine Erinnerung an ihren Vater hat, denn dieser kam im selben Jahr in Rumänien, mit 29 Jahren, für Volk und Vaterland um. Erschossen von Partisanen. Keiner kennt die Stelle den Ort an welchem Feldweg er verreckte, keiner weinte um ihn, Helden beweint man nicht.

Eine wartete auf ihren Paul, betete für ihn, und hoffte immer noch das er doch zurück käme, die alte Liebold Mutter hielt durch bis sie 1947 vor Hunger, Kälte und Kraftlosigkeit aufgeben musste, bis zum letzten Seufzer hatte sie an die Rückkehr ihres Jungen, ihres Pauls, geglaubt.

Nun stand Gretel allein da mit ihren zwei Kindern, ihre Mutter in Westberlin, machte ihr zusätzlichen Ärger, durch ihre polnische Herkunft. Ein Makel, für die Behörden. Sie bekam von der Sowjetischen Besatzungsmacht d.h. deren Deutschen

Handlangern keinen richtigen Pass, nur einen vorläufiges Papier.

Erst als sie, schweren Herzens und unter Selbstvorwürfen leidend, ihren Mann für Tot erklären ließ, besserte sich ihre Situation. Ihr Leben war fortan bestimmt von der Hoffnung auf die Rückkehr ihres Paul, aber wenn er dann kam, wie sollte sie erklären, warum sie ihn für Tot erklären lies. Sie hatte von schmerzlichen Szenen der Kriegsheimkehrer erfahren, welche enttäuscht ihre Familie verließen, nur jetzt für immer.

Eine schwere Last für die junge Frau. Eines Tages kam unerwartet von der Mutter aus Berlin West ein Packet mit Kartoffeln. Drei riesige Exemplare. Eine Kartoffel verschenkte Gretel an die Freundin, welche auch zwei Kinder zu füttern hatte. Heute unvorstellbar die Armut im Osten

Deutschlands. Diese Kartoffeln, bedeuteten ein großes Glück für Alle, es gab die berühmte Rotzsuppe. Sie sah so aus und schmeckte auch so. Immer noch besser als geraspelte Runkelrüben, oder durch den Fleischwolf gedrehte gebackene Eicheln. Obwohl es schon nichts mehr gab: Keine Kohlen. kein Holz, keine warmen Sachen, nichts zu Essen, wurde der Winter 47/48 so kalt das die Elbe zufror, was nun.

Gretel entschloss, sich von ihrem letzten Tafelsilber, ihren wenigen Erbe, zu trennen, packte schweren Herzen ihre Meißener Deckelvasen ein, fuhr nach Westberlin, um daraus Kapital zu schlagen um Futter für die kleine Familie zu beschaffen.

Natürlich wurde sie beim Verkauf über den Tisch gezogen, natürlich wurde ihr im hoffnungslos überfüllten Zug ein Koffer geklaut, jeder war sich jetzt der Nächste. Als die über den Krieg gerettete Wäsche bei den Bauern auf dem Lande verschachert war, und nichts mehr von Wert vorhanden war, half nur noch der Schwarze Markt. Schachern, betrügen, und immer Angst vor der Polizei. Was war das für ein Leben für eine junge Frau, welche bisher nichts als Elend, Krieg und Verzweiflung erlebte. Zwei kleine Geschichten, sind für sie kennzeichnend. Gretel hatte woher auch immer, ein parafinähnliches weißes Zeug aufgetrieben, welches sie für 60 Mark auf dem Schwarzmarkt anbot zum Braten, so als guten Ersatz von Fett. Das klappte auch ganz gut, die kleine Familie bediente sich auch des Bratwunders, und kannte die Nebenwirkungen dieses Wunderfettes.

Eines Tages klopft es an der Tür, die Frau des Radiohändlers Müller stand vor der Wohnungstür, mir hochrotem Kopf hielt sie einen gewaltigen Schlüpfer in der Hand. Einen sogenannten Specksack, und das war er auch, dieses erotische Kleidungsstück hatte die Müllern, mit dem von Gretel erworbenen Bratfett, regelrecht voll geschissen. Das Zeug flog ohne Schmerzen zu hinterlassen, durch die Därme und landete unter ständigem Furzen in den Schlüpfern, desjenigen, der es mit Wonne verzehrt hatte. Man konnte es durch Reiben des Kleidungsstückes ohne Probleme zurück gewinnen. Genau dies tat die Erboste, in unserer Wohnung. So versaute sie den Fußboden mit ihren Fettrückständen. Gretel stand vor Eckel und Wut kurz vor einem Nervenzusammenbruch war. Sie packte die

Missetäterin, und setzte sie Kurzerhand vor die Tür. Diese Schrie, das sie nun zur Polizei gehen würde und mit einer Anzeige zu rechnen sei. Wegen der erhöhten Preise und Schwarzmarktgeschäfte, mit gesundheitlicher Schädigung.

Gretel blieb ganz ruhig, baute sich wie ein Braunbär vor der Schimpfenden auf und sagte: „ Halt endlich dein Maul du alte Wachtel. Morgen gehe ich zur Polizei und zeige Deinen Mann an, der verkauft gelötete Radioröhren, die keine zwei Tage halten, zu erhöhten Preisen, und das ist noch mehr verboten."

Die Tür flog jetzt mit einem Knall ins Schloss. Selbstbewusst sagte sie zu mir:" Haste gesehen, so macht man das." Auf mein fragendes Gesicht hin sagte Gretel beruhigend: „Keine Angst die kommt nicht wieder." Und so war es auch.

Was diese jungen Frauen nach dem Krieg geleistet haben ist kaum zu begreifen. Gretel war Trümmerfrau, arbeitete in einer Gußputzerei, und wusste nicht wie sie zwei hungrige Wänster, Kinder, groß bekommen sollte. Da sie ja Schneiderin war, nähte sie noch für die Leute, bis oft in die Nacht hinein. Schnell noch ein Wort zu ihrer Schläue. Die Frau des Kohlenhändlers lies bei ihr arbeiten, und hatte sich ein sehr schönes dunkles Kleid nähen lassen, welches unten herum in kleine Falten gelegt war. „Eine Schweinearbeit," wie sie mir einmal sagte, als ich ihr bei der Arbeit zu sah.

Es dauerte nicht lange und die Frau des Händlers stand wieder auf der Matte, sie wollte das Kleid um 3 bis 4 cm gekürzt haben. Ich erkannte Gretel nicht wieder, sie steckte mit Nadeln alles neu ab, überall wurde neu vermessen, zur besten Zufriedenheit der Kundin. Dieser wurde erklärt, dass diese Änderung sehr zeitaufwendig war, und ihren Preis hatte. Der Kundin war es recht. Darauf hin verlies diese die Wohnung. Den Fetzen wie sie das Kleid nannte hängte Gretel auf den Bügel, und gab mir feixend zu verstehen, das dieses gute Stück nun für 14 Tage im Schrank hängen sollte. Mit keinem Handgriff würde sie sich daran vergreifen .Die Alte würde es anprobieren, begeistert von der Änderung sein und zahlen.

Als Gretel wieder in mein ungläubiges Gesicht sah, sagte sie: „ Denkste vielleicht die weiß in 14 Tagen noch wie lang der

Fummel war, mach Dir keine Sorgen, die Sache ist geritzt."

Und das war sie dann auch.

Frieda

Es gibt wenige Personen, welche im Laufe des Lebens in unserem Gedächtnis, einen festen Platz einnehmen. Es sind außergewöhnliche Menschen, die man nie vergisst, ganz gleich wie lang die Wegstrecke war, die man gemeinsam gegangen ist.

Ein Wohnungswechsel kann durchaus ärgerliche Folgen haben, wenn man im Vorfeld zu viele Dinge übersieht, oder einfach in den Skat drückt. Um nicht nach kurzer Zeit schon Nachbarschaftsgeschädigt zu sein, sollte man sich genauestens, auch über scheinbar unwesentliche Dinge informieren, und sich ein Bild davon machen, welches Klientel hier vor Ort wohnt.

Mein Umzug stand unmittelbar bevor. Man musste im Sozialismus froh sein eine Wohnung ergattert zu haben, Ansprüche stellen, das ging gar nicht.

Ich ging den Möbelpackern voraus, um die Wohnungstür zu öffnen, wurde aber von einer resoluten, alten Dame aufgehalten, die mir sofort eröffnete: "Ich bin die Frieda, Genosse, wenn Du etwas brauchst melde Dich, ich wohne über Dir." Weg war sie. Diese Rote Brut hatte mir gerade noch gefehlt, knurrte ich in mich hinein. Das konnte ja heiter werden. Eine von der Sorte, die alle anquatschen und alles wissen, was im Wohnumfeld so alles passiert.

Und tatsächlich, brauchte ich das alte Weiblein bald, hatten sie mir doch im Umzugsstress aus dem Keller zwei Säcke mit fein gehacktem Holz geklaut.

Unglaublich, die Frieda schaffte das Ganze wieder herzu. Ich weiß heute nicht mehr genau wie es dazu kam, aber wenn ich der Alten ins Gesicht sah, flößten mir ihre vielen Falten, Respekt ein und machten mich neugierig. Wenn ich gemein bin, würde ich sagen, das war kein Gesicht, das war ein zerknautschter Tabaksbeutel aus welchem zwei muntere Augen auf das jeweilige Opfer hinauf blitzten. Sie war klein und sehr dünn, aber noch flink wie ein Wiesel. Für mich war sie ein wandelndes Geschichtsbuch, schon etwas abgenutzt und zerfledert, aber wertvoll und mit Sorgfalt zu behandeln.

Frieda war wie sie mir sagte, eine alte Kommunistin.

Sie schien immer bereit, helfen zu müssen. Sie schleppte Holz, welches sie in der Tischlerei der Firma ein gesackt hatte, zu alten Leuten. Dabei war sie selber Alt. Ihr ehemaliger Betrieb, in welchem sie einst gearbeitet und gekämpft hatte, war ja jetzt Volkseigentum, und darauf war sie stolz.

Sie hatte im Widerstand gegen Hitler, den Kopf hingehalten, und dabei Freunde, und den Mann verloren. Ihr Körper war mit Narben übersät, welche nicht aus ärztlicher Hand stammten. Ein Andenken an das III. Reich. Was hatte sie wohl alles ertragen, was gab ihr die Kraft noch an das Leben zu glauben? Der Glaube.

Nach dem Krieg sollte alles besser werden. Ergeben vertraute sie der Partei der Arbeiterklasse. Sie war stolz Genossin zu sein.

Für mich war nicht alles nachvollziehbar, was sie so dachte. Aber was braucht eine alte Frau noch? Wollte sie noch reisen, will sie studieren, will ein Haus bauen, oder gar an einer Sache Kritik üben? All das war für sie gegenstandslos geworden. So ganz ohne persönliche Wünsche, konnte man mit der Macht der Arbeiterklasse, ganz gut aus kommen.

Aber eben nur, wenn man sein ich, ganz hinten anstellte.

Dass sie ihre Wohnung, in ihrer Abwesenheit der Staatssicherheit zur Verfügung stellte, damit diese gezielt im Wohnbereich schnüffeln konnte, entdeckte ich nur durch Zufall. Die Stasi scheute sich auch nicht in Wohnungen zu spionieren, während die Mieter auf Arbeit, oder im Garten waren. Eines Tages kam ich am zeitigen Vormittag nach Hause, und treffe doch im Hausflur den FDJ-Sekretär unseres Betriebes. Er war als ein besonders linientreuer, nicht ungefährlicher Genosse, bekannt. Einigermaßen schockiert stürmte ich hoch zu meiner Frieda, und wollte wissen, ob sie etwas mit dem Kerl zu tun hatte. Hatte sie tatsächlich. Sie wollte während seiner Anwesenheit nicht mehr wie üblich, ihre Wohnung verlassen, und deshalb gab es Krach. Darauf hin, war der Mitarbeiter der Stasi eher gegangen, sonst hätte ich ihn ja niemals getroffen.

Ich machte der Frieda klar, dass unsere Freundschaft nur dann von Dauer ist, wenn sie diese Leute nicht mehr in die Wohnung lässt. Dieser hautnahe Kontakt zur Firma Horch und Guck war nicht mein Ding. Zwar hatte ich nichts zu verbergen, aber es langte zu, wenn sie in meiner Stammkneipe herum saßen. Langsam kannte man sie ja, und manchmal wenn man besoffen einen politischen Witz erzählt hatte, überkam einem schon eine gewisse Angst. Sicher war man sich ja nie.

Natürlich verstand mich Frieda überhaupt nicht, so wie ich sie auch nicht immer verstand, aber sie ließ die Jungs der genannten Firma nicht mehr in die Wohnung. Das war schon ein kleiner Erfolg für mich. Irgendwie vertraute sie mir, dafür fuhr ich ihr auch mal Holz oder Wein zu alten Leuten, wenn diese von der Partei damit bedacht wurden.

Frieda fuhr gern Auto, als ich ihr sagte, das wir 150 km weit weg mussten, um einen Hund zu kaufen, war sie erfreut, aber einen Hund, wozu. Tiere mochte sie bisher nicht, diese kosteten Zeit und Geld, sie passten so gar nicht in ihr Klassenkampf Konzept. Natürlich fuhr sie mit. Als der kleine schwarz

- weise Kerl mit den langen Hängeohren, dann noch aus der Hundemeute heraus, auf sie zulief, war es aus mit ihr, sie war überglücklich und sagte:" Den nehmen wir." Auf der Heimfahrt kuschelte der kleine Kerl bei ihr auf dem Schoß, lies einen gewaltigen ziehen, was Frieda aber nicht störte. „Mein lieber Mann, dass ist ja ein Kaliber" war ihr Kommentar, sonst nichts.

Jetzt begann der Frieda ihre schönste Zeit, sie war wie umgewandelt. Da ich ja zur Arbeit musste kümmerte sich die alte Kämpferin um den Hund, der mit ihr bald machte, was er wollte.

Ich sagte zu Ihr: "Alles kannst Du machen, aber zur Partei schleppst Du mir den Hund nicht mit, der bleibt sauber." Da hatte ich ja etwas gesagt.

Sie darauf zum Hund :"Hörst du das Toppy,

den müssen wir melden."

Ihre Hundeliebe ging soweit, das er keinem anderen Tier zu nahe kommen durfte, dann sagte sie immer:" Komm Toppy, geh weg, das ist doch kein Echter." Ich verbot ihr solche Reden mehrmals, ohne Erfolg. Jeder Hundebesitzer liebt sein Tier, echt oder nicht, ist doch egal.

Eines Tages bekam Frieda Post von einem Rechtsanwalt aus Berlin -West, vom Klassenfeind. Ihr Bruder war verstorben. Kontakt hatten die Geschwister nie, schon aus ideologischen Gründen war dies nicht möglich. Frieda, als Rentnerin, durfte ins nicht sozialistische Ausland nach Westberlin fahren, um ihr Erbe an zu treten. Ohne den Hund, dass war ja schlimm.

Als sie endlich zurück kam, hatte sie sich mit einer riesigen Kiste Hundefutter abgeschleppt, für mich brachte sie eine Kristallvase mit. Welche ich bis heute hüte, wie einen Goldschatz.

Wie auch immer, durch ihr Erbe gehörte die Frieda jetzt zu den Privilegierten. Sie konnte sich mit ihrem Westgeld jetzt Dinge leisten, von denen die Masse nur träumte. Trotzdem war sie seit ihrem Besuch im Wesen verändert. irgendwie war die Luft aus ihr raus. Ich bedrängte sie nicht mit neugierigen Fragen, ahnte aber, dass der Besuch im Westen nicht ohne Wirkung geblieben war.

Eines Abends, ich kam später von der Arbeit, der Hund war noch oben, schlich ich mich leise in die Wohnung, um die Beiden dabei zu erwischen, wie sie zusammen Westschokolade vertilgten, was ich verboten hatte.

Ich wurde Zeuge wie die alte Frieda dem

Hund ihr Herz ausschüttete. Was ich hörte, war schon schlimm. Sie erzählte dem Tier, was natürlich in Erwartung von Schokolade andächtig zuhörte, das sie im Westen bei der Kommunistischen Partei war, und diese sie ausgelacht hätten, weil sie nicht gemerkt hätte, vor welchen Ausbeuterkarren man sie gespannt hatte, ein Staatskapitalismus sei das in der DDR. Dann hatten sie noch gefragt, was ihr den von ihrer Schufterei in der Fabrik geblieben sei.

Ich hatte genug gehört, schlich mich zurück, und klingelte, wie eben angekommen, an Tür, und betrat die abgedunkelte gemütliche Wohnung, wo ich freundlichst von den Beiden empfangen wurde.

Frieda schien im Westen einen Schock bekommen zu haben, sie wurde zusehends kränker. Als erstes nahm ich ihr die

Zeitungen weg, "Lies du alte Schachtel einen Liebesroman, nicht immer Deinen politischen Mist, Du bist zu alt, und das Leben ist zu kompliziert geworden." „Meinst du wirklich?" „Ja! Zum Teufel, geh mit dem Hund spazieren, haue dein Westgeld auf den Kopf, genieße Dein Leben."

"Trotzdem brauche ich ein Brett, da nutzt mir das Geld gar nichts. Für meinen Balkon brauche ich es nämlich, da zieht es unten rein. Bringst du es mir dann an? "Natürlich", sagte ich. "Gehe auf die Neubaustelle und sprich mit einem Zimmermann, nimm eine Flasche Bier mit. "

Frieda ging auf die Baustelle, der einzige Weg ein Brett zu ergattern. Kaufen, das war nicht möglich, höchstens klauen, aber Volkseigentum entwenden, das war gefährlich. Alles war verplant, und ohne

Sondergenehmigung war auch kein Brett zu bekommen. Es sei denn es wurde für einen Kirchenbau oder Militärische Zwecke verwendet. Die Kirche zahlte nämlich in West.
Aus heutiger Sicht unverständlich, diese hausgemachte Mangelwirtschaft, aber das war unser Leben.
Im Kaufhaus sagt die Verkäuferin zum Kunden: "Keine Hosen gibt es hier, keine Schuhe nebenan." Man brauchte schon starke Nerven, Beziehung, oder Westverwandtschaft wegen dem Kaffee der Schokolade und anderen Kleinigkeiten.
Heute war Frieda also nach einem Brett unterwegs.
Sie erschien in der Einheitswickelschürze der DDR aus buntem bedruckten Stoff, auf der Baustelle, ging zu einem Handwerker, tippte

ihn an und sagte: „Horche mal Genosse, ich bin eine alte Genossin und brauche dringend ein Brett, für meinen Balkon. Der Kerl macht sich groß, und sagt von oben herab : "So meine liebe Genossin, da oben fährt der Bus, da fährst Du zu Deiner Partei, vielleicht besorgen die Dir ein Brett, hier gibt es keins, ist verboten." „Das war ja frech von dem Kerl, einer alten Kommunistin gegenüber. Er ging einfach seiner Wege, und lies mich stehen." Als Frieda mit ihrem Erlebnisbericht fertig war, legte sie ein Paket Spee auf den Tisch: "Für Dich, habe ich heute erstanden, musste mich zweimal anstellen, es gab nur eins pro Person."

Darüber war ich sehr erfreut, ich beruhigte die Genossin und sagte :" Morgen gehst du zu einem anderen Zimmermann, und sagst, ich bin eine Rentnerin und brauche ein Brett, für meinen Balkon." Sie darauf: „Ob ich das sage, ich dachte immer, das mit der Genossin zieht besser."

Am nächsten Tag lag ein prima Brett auf dem Balkon, und Frieda sagte stolz: „Der war ja nett und hat es mir noch bis nach Hause getragen. Zum Schluss hat er gesagt: Oma, wenn Du wieder mal was brauchst melde Dich."

„Das mit der Genossin habe ich diesmal natürlich nicht gesagt."

Das Brett war angebracht der Winter konnte kommen, und wie er kam, Schnee ohne Ende, Frieda hatte neue Stiefel erstanden, sie stand darin wie eine Ziege im Melkeimer, mit ihren dünnen Beinen. Egal, sie war ab sofort Winterfest.

Ich hatte sie am Sonntag zum Essen in eine Ausflugsgaststätte eingeladen, welche gut mit dem Bus zu erreichen war, nur ein kurzer Weg und man war am Ziel.

Sie sollte um 13 Uhr erscheinen, aber es verging die Zeit ohne dass Frieda auftauchte. Ich machte mir schon Sorgen. Als sie mit einer Stunde Verspätung total erschöpft ankam, erzählte sie vor Kälte zitternd : "Stell dir mal vor, ich war die Einzige noch im Bus, gehe zu dem Fahrer vor, und sage das ich eine alte Genossin bin, und er soll mich an der nächsten Haltestelle raus lassen, vielleicht könne er ja auch noch 50 Meter weiter fahren, dann brauchte ich nicht so weit im hohen Schnee zu laufen." „ Bist wohl in der SED sagte er," worauf ich stolz sagte: „Natürlich Genosse." Ich denke der wird verrückt, gibt der Gas fährt viel zu weit, und setzt mich in einer Schneewehe ab. Dann ruft er noch : „Machs gut Genossin". „Was meinst

Du, den melde ich. "

„Aber erst Essen wir einmal, und dann sehen wir weiter."

Frieda war ja nicht dumm, und begann die Dinge zu hinterfragen, was so weit führte, das sie ihr Parteibuch hin schmiss, als sie wieder ihre Wohnung als Horchposten zur Verfügung stellen sollte. Das kann man sich gar nicht vorstellen, was für Mut, Kraft und Enttäuschung diese Frau zu diesem Schritt veranlasste. Frieda sagte nach diesem folgenschweren Schritt zu mir : „ Ich verstehe das nicht, da im Westen, als ich bei meinem Bruder war, gab es alles was man sich denken kann, sogar richtiges Hundefutter, wo sich der arme Kerl das Zahnfleisch nicht blutig beißt. Hier arbeiten sie, drüben arbeiten sie. Verstehst Du das?" „Das sind zwei Systeme meine Liebe, und das ist nichts

mehr für Dich. Du musst hüben wie drüben, das richtige Parteibuch in der Tasche haben, sonst kannst Du sehen, wo Du bleibst."
Frieda sagte; „Wenn ich mit Dir rede, verstehe ich das alles, wenn ich allein bin und darüber nachdenke, haue ich alles durcheinander."

Frieda tat mir leid, sie magerte ab, wurde regelrecht Krank, ihr einziges Glück war der Hund, die Beiden waren schon wie ein altes Ehepaar auf einander eingespielt.

Eines Tages so erfuhr ich, wurde in einer Schulklasse der Unterricht unterbrochen, weil ein Schüler rief :„Der Tobby kommt mit der Frieda," und alle zum Fenster stürzten.

Eines Abends , als ich merkte das es Frieda wieder einmal schlecht ging, und sah das sie sich wieder Zeitungen gekauft hatte, sagte ich zu ihr :" Oma, ist es sehr schlimm, wenn man ein Leben lang auf das falsche Pferd gesetzt hat?"

„Reden wir ein andermal darüber, heute möchte ich schlafen, kann der Hund oben bleiben?"

„Aber natürlich sagte ich," versuchte dabei krampfhaft hinter einem Lächeln, meine Angst und Sorge zu verbergen, und wusste als ich ging, und ihre Hand ein letztes Mal, sanft berührte, dass mir ihre Antwort auf diese Frage, ewig verschwiegen bliebe.

Ironie

Eigentlich wollte ich nie rauchen, das Geld war immer knapp. Als Lehrling im 3. Jahr bekam ich 1954 immerhin schon 84,-Mark Ost, die seitens meiner Mutter schon fest in der Haushaltskasse verplant waren. Ich erinnere mich, das sie mir vor allen Leuten, ich war damals 17Jahre , eine Ohrfeige gab, mit den Worten :" Du junger Kerl kannst laufen, musst nicht mit dem Bus fahren, wir können das Geld nicht so zum Fenster hinaus werfen." Der Bus kam 15 Pfennige für 3 Kilometer. Also verwöhnt waren wir damals wirklich nicht.

Und dann kam es wie es kommen sollte, ich qualifizierte mich nach bestandener Lehre zum Teilkonstrukteur. Es machte mir Spaß als Junger, unter den Alten zu sein. Was die erlebt hatten, das war oftmals nicht zu glauben, und es konnte einem das kalte Grauen erfassen wenn sie ihre Kriegserlebnisse erzählten.

Wir bewegten uns zu dieser Zeit noch in den Anfängen des Sozialismus, und das Alte war noch allgegenwärtig. Betriebsaufbau, Struktur, Arbeitsabläufe alles noch kapitalistisch. Aber unser großer Bürochef, ein kleines quirliges Männlein war schon die Prachtausgabe eines linientreuen Sozialisten. Wir Jungen nahmen ihn noch nicht ernst, die anderen machten gute Miene zum bösen Spiel, so ging die Arbeit recht locker voran. Bis in gewissen Zeitabständen der Trisch Paul in einem Wutanfall, eine Hand voll Plastiline gegen die Büromöbel krachte, und mit geschwollenen

Halsschlagader und rotem Kopf schrie: "Scheiß Sozialismus, ihr werdet schon sehen was ihr von dem Dreck habt, seht mal wie es im Westen voran geht, hier werden nur Siegesparolen verkündet. Eine Schande ist das." Wenn er erschöpft inne hielt, rief das dann unseren roten Chef auf den Plan, der unmissverständlich zu verstehen gab, das sich auch der enteignete Fabrikbesitzer, nunmehr der Macht der Arbeiterklasse unter zu Ordnen habe. Für uns Jungen ein Lacher, für die übrigen Kollegen ein Schulterzucken. Paul der Erbe einer großen Reifenfirma beruhigte sich wieder. Da zu dieser Zeit jeder die Pflicht zur Arbeit hatte, trieb das natürlich Blüten. Wir bekamen vom Circus Sarassani eine Artistin, welche als Technische Zeichnerin ausgebildet wurde. Diese Dame war knüppel dürr, ihre Haut war zerknittert wie Knüllpapier, was sie sehr unglücklich machte. Aber sie war ein Energiebündel, sie lernte schnell, war unduldsam sich gegenüber. Damals wurde in den Büros natürlich noch geraucht, und meine Circus Merry fraß die Dinger regelrecht. So ergab es sich mit der Zeit das ich hin und wieder mit ihr eine rauchte Eine flache Stambul ohne Filter. Preis 10 Pfennige Ost. Schließlich war auch ich dem Dreckszeug verfallen, was ich schon viele male echt bereut habe.

Wie sagt man immer so schön, alles Übel hat sein Gutes. Es war wieder einmal soweit, das ich entschlossen war mit der Qualmerei Schluss zu machen, bestimmt zum 4,oder 5. mal. Das hielt ich unter Höllenqualen 3 bis 4 Monate durch, nahm 10 Pfund zu, und holte dann alles nach, was ich versäumt hatte. Nur der Bauch ging nicht von alleine zurück, also ging ich ein bis 2 mal in der Woche schwimmen.

Nun hat ja jeder Mensch so seinen Lebensrhythmus, wenn er nicht gerade wie heute sehr beliebt, Harz IV Empfänger ist. Damals musste jeder arbeiten.

Ich fuhr an den Werktagen mit der Straßebahn zum Bahnhof, man traf immer die gleichen Leute ,feixte sich auch mal an, wenn Einer zu spät dran war, und machte sich schon Gedanken wenn Jemand längere Zeit nicht auf der Bildfläche erschien. Man hatte noch nie ein Wort miteinander gewechselt und kannte sich trotzdem.

Es war mir immer wichtig früh einen Kaffee in Ruhe zu trinken, eine Kleinigkeit zu essen, dann noch gemütlich eine Zigarette, um in Ruhe und Gelassenheit das Haus zu verlassen. An meinem Stammplatz am

Bahnhofseingang hatte ich noch genug Zeit die Leute zu beobachten, eine zu Rauchen, und in Ruhe zum Zug zu gehen. Diese Zeit am Morgen gehörte nur mir, und ich genoss es, den Tag in so gemütlich und doch abwechslungsreich zu beginnen.

Heute sah ich beim Näherkommen, das man den Haupteingang des Bahnhofes, welchen ein heruntergekommenes Glasdach überspannte, einzurüsten begann. Ich bezog meinen Stammplatz in unmittelbarer Nähe der Rüstarbeiten, schaute den Arbeitern zu, und staunte mit welcher Leichtigkeit, sie sich gegenseitig Flansche und Schellen zuwarfen.

Heute spürte ich eine innere Unruhe in mir, hatte plötzlich so ein gewaltiges Verlangen nach einer Zigarette. Ich beschloss ab sofort wieder, aber viel weniger, zu rauchen. Wie von Geisterhand getrieben steuerte ich auf den Kiosk zu, um mir meine geliebten Stambul zu kaufen.

Ich hatte mich noch keine zehn Schritt von meinem Platz entfernt, als es hinter mir fürchterlich krachte. Rückartig schaute ich zurück, sah noch wie sich eine Rüststange welche gerade durch das Glasdach gerauscht war, wie eine Rakete in den Boden rammte, genau da wo ich soeben noch stand.

Unfähig zu gehen stand ich wie versteinert unweit der Unfallstelle. Ein netter Kerl klopfte mir auf die Schulter: „He Alter, jetzt hast Du aber einen Schutzengel gehabt." Ich nickte, torkelte wie betrunken zum Kiosk brannte mir zitternd eine Zigarette an, und begriff nun endlich was passiert war.

Die Zigarettenschachtel hat in meinem Bücherschrank einen Ehrenplatz bekommen.

So ist das Leben, unvorhersehbar, spannend und manchmal auch gefährlich, aber dann hört man eben auf seinen Bauch.

Im Wald

Ich kochte nur noch sehr selten, seit ich allein war. So verlassen da zu sitzen und eine Speise in mich hinein zu würgen, konnte mir keine Freude bereiten. Dabei konnte ich mir noch so oft vornehmen, positiv zu Denken. Vielmehr musste ich aufpassen, nicht den ganzen Fraß zum Fenster hinaus zu werfen. Ich musste wieder lernen, mir selbst eine Chance zu geben, und auch nach 45 Jahren glücklicher und harmonischer Zweisamkeit, nun allein, meinen Platz im Leben zu finden.

Am Donnerstag war ich einkaufen, sonst gehe ich immer Freitags früh, wenn der Bus noch recht leer ist.

Aber ich war eingeladen zu einer Gartenbesichtigung, deshalb der vorgezogene Einkauf.

Ich freute mich auf die Abwechslung, zumal ich etwas von der Sache verstand. Wusste all das, was andere erst noch lernen müssen. Endlich würde mich wieder Jemand um einen Rat fragen, das allein war schon Gold wert, in einer Zeit, wo es dem Rest der Welt egal ist, ob ich daheim bin, ob ich langsam verdrecke, ob und wann ich nach Hause komme.

Am Donnerstag Abend kam eine SMS, das die Gartensache ausfällt, da ein Familienmitglied auf Arbeit verunfallt sei, und man noch nichts genaueres wisse.

Von Anfang an war mir klar, das die Sache einen Hacken hatte, aber ich versuchte die Ausladung recht locker zu sehen.

Ein alter Mensch passt nun mal nicht immer in das jeweilige Familiengeschehen, das hatte ich gefälligst zu akzeptieren. Trotz meiner Enttäuschung musste ich schmunzeln, Meine Mutter hatte mir einmal erzählt, das sie immer, wenn die Großeltern zu Besuch kamen, die Uhr um mindest eine Stunde vorstellte.

Heute wie damals, immer wieder das gleiche Spiel, nur eben der Zeit angepasst. So kam das Wochenende, ich saß im Sessel, sagte mindestens zwanzig mal recht energisch :" SO" ! Stand auf, und setzte mich wieder hin. Das waren die Tage an denen ich nie das tat was ich eigentlich wollte. Ich verhielt mich wie ein Betrunkener, der genau noch mitbekommt, dass er gerade Scheiße baut, aber überhaupt nicht in der Lage ist, irgend etwas, zu ändern. So saß ich an manchen Tagen stierte ins Leere, dachte an nichts, tat nichts, und war trotzdem wie gerädert.

Am Sonntag endlich raffte ich mich auf, und ging wie immer allein, im nahe gelegenem Wald spazieren. Es tat mir gut, die Bewegung, die frische Luft, ich hörte den Specht, der war immer noch da, früher hatten wir uns über den fleißigen Zimmermann gemeinsam gefreut. Jetzt allein nahm ich ihn nur noch wahr, wenn auch mit etwas Wehmut. Es war nun schon ein eineinhalb Jahr vergangen seit ich verwitwet war. Ich hätte mir nie vorstellen können, wie schwer es ist allein zu sein, ohne das man gebraucht wird, oder einfach nur erwartet wird.

Ein junges Pärchen mit einem kleinen hübschen Mädchen, kamen mir entgegen gelaufen, blieben bei mir stehen und fragten mich nach dem Weg. Ich gab ihnen freudig Auskunft, und wir verabschiedeten uns. Jetzt war ich glücklich, und hatte seit Donnerstag endlich wieder mal gesprochen. Was für ein schöner Tag.

Eine Hausbewohnerin

Wir hatten uns in den 22 Jahren, die wir nun schon gemeinsam im Haus wohnten, freundlich gegrüßt, mehr auch nicht. Ich dachte immer sie sei eine Russin, ein prächtiges Weib, mit dickem blonden langen Haar, und etwas zu kräftig geschminkt.

Mit ihrem Lebenskameraden kam ich schnell mal ins Gespräch, er war so in meinem Alter , so über die 70 hinaus, aber von ansehnlicher Gestalt. Er hatte nur eine saublöde Angewohnheit: Er begrüßte jeden den er traf, mit Handschlag. Selbst wenn man die Hände voller Taschen und Beutel hatte , wollte er Pfötchen geben. Das nervte. Ungefähr 10 Tage vor dem Tot meiner Maus , als ich schon voller Sorge und Anspannung manchmal nicht mehr klar denken konnte , stand er auf der anderen Straßenseite in dem kleinen Bushäuschen, und machte mir mit viel Witz und pantomimischen Geschick klar, das wieder mal eine Scheibe zertrümmert wurde.

 Als ich von meinen Besorgungen zurück kam erfuhr ich , das er einen plötzlichen Tot erlitten hatte. Ich stand da wie vom Blitz getroffen.

 Dann nur Tage später erlitt ich den gleichen Schicksalsschlag, stand plötzlich Mutterseelen allein da, nach vielen Jahren der anstrengenden Krankenpflege. Ich kam mir vor wie eine Lokomotive, welche mit Volldampf gegen eine Mauer geknallt war. Eine Todessehnsucht ergriff mich, aus der ich versuchte zu entkommen. Immer hatte ich das Bild vor Augen wie mein Schatz in der

„Schwarzen Limousine", langsam aber sicher im Verkehrsgewühl verschwand, gegangen für immer, ohne Wiederkehr.

Ich litt wie ein Hund, wusste aber, dass ich aus dieser unsichtbaren festen Umklammerung heraus musste. Koste es was es wollte.

Der Witwe aus dem oberen Stockwerk erging es nicht besser, ich glaube, hätte sie nicht die Verantwortung für ihr kleines Kätzchen gehabt, sie würde heute nicht mehr leben. Weit über ein Jahr war seit dem schmerzlichen Trauerfall, der uns beide betroffen hatte vergangen, als sie mir erzählte, dass sie eine Friedhofsbekanntschaft gemacht habe. Ein großer stattlicher Mann der nicht locker lies und sie immer wieder einlud etwas gemeinsam zu unternehmen um dieser Liturgie zu entkommen.

Ich fand es toll, und bestärkte sie darin, es mit dem Neuen zu versuchen. „Na ja der ist schon älter so wie sie. Ich brauche keinen Mann mehr aber so, mal ausgehen, wäre schön." Ich darauf: „Nun bilden sie sich nur ja nicht ein, das der das lange mit macht, sie sind eine passable Frau, das weckt natürlich Wünsche in einem gesunden Mann. " Sie fuchtelte erregt mit den Armen: „Niemals, ich brauche das alles nicht mehr." „Na ja wenn er so alt ist wie ich, dann kann er bestimmt noch einigen Flurschaden anrichten, ich lebe auch nicht wie ein Mönch." Sie: „Denken sie wirklich, daran habe ich noch gar nicht gedacht. Oh Gott, Aber wenn ich es mir es richtig überlege, er hat ein großes Auto."

„Na sehen sie, ist doch was Genaues." Ich lies sie einfach stehen, und ging feixend davon. Oft, wenn ich zum Müllschlucker gehe, sitzt sie überglücklich im großen Mercedes, und winkt mir zu, wie eine Königin.

Oma mit dem Telefon

Wenn ich im Bus oder in der Straßenbahn die Leute beobachte, dann könnte ich oftmals den Kopf schütteln. Die junge Mutti klotzt nur in Ihr iPhon, anstatt sich dem Kinde zu zuwenden, mit ihm zu sprechen. Ehepaare sitzen wortlos nebeneinander, und die Jugendlichen benötigen gleich zwei Plätze, da die Schultasche ja auch sitzen muss. Dabei spielt es längst keine Rolle mehr, ob die alte Oma noch stehen kann, oder eine Schwangere durch den Wagen geschoben wird. Dabei stelle ich in letzter Zeit fest, das die Busfahrer durch ein riesiges Arbeitspensum gestresst und übel Gelaunt, ihren Frust an den Fahrgästen auslassen. Sie fahren, rucken, bremsen, rucken, und biegen in die Kurven ein, das die Fahrgäste gebeutelt vor Schreck, froh sind wenn sie ihr Ziel erreichen. Man könnte denken, sie hätten ihre Fahrerlaubnis in der Baumschule erworben.

Die Spitze an Idiotie leistet sich die CVAG in Chemnitz, meiner Heimatstadt. Hier müssen alle Fahrgäste vorn einsteigen, und die gültige Fahrkarte vorzeigen. Wenn ich vom Einkauf komme mit zwei schweren Taschen behangen, setze ich diese im Bus ab, hole meine Geldbörse hervor , klappe diese auf und zeige den Fahrschein. Der Bus fährt sofort los, mich beutelt es mit meinen Taschen den Gang entlang bis ich stürze, oder mich gerade noch abfange. Sitzplatz bekomme ich mit meinen 78 Jahren keinen mehr, alles von denen besetzt, welche die hinteren Eingänge genutzt haben, meist

Schüler und Schwarzfahrer. Der Busfahrer, weis längst was da abläuft. Er nimmt es wie es ist. Er muss fahren, kassieren, Fahrscheine der Einsteiger begutachten, für Rollstuhlfahrer eine altmodische Klappe öffnen, was denn noch? Ob sich jemand beschwert, Fehlanzeige. Dieser Wahnsinn wird als Erfolg von denen verkauft, die täglich mit dem Auto fahren, jede Art von Beschwerde ist längst sinnlos geworden, das haben alle erkannt, so siegt die Frechheit, und alles hat seine Ordnung.

Mein Schwerbehindertenausweis nutzt mir gar nix, die Ausländer auf den Gekennzeichneten Plätzen, wissen nicht was ich denen da hinzeige, hat ihnen ja auch keiner gesagt. Oder soll ich Leute vom Sitz werfen, die genauso alt sind wie ich. Das ich in einer Stadt wohne wo fast nur noch Junge, und ganz Alte unterwegs sind hat keiner der Verantwortlichen bisher gemerkt. Warum auch.

Wir haben stehend, die holprige Fahrt überstanden, und bekommen endlich an einer Berufsschule einen Sitzplatz. Die Alte mir gegenüber, ist erst 82 Jahre wie sie lächelnd zu mir sagt. Wir kamen sofort ins Gespräch. "Wissen sie was aber noch schlimmer als diese Busfahrerei ist, das sind die oft frechen und lästigen Anrufe von Firmen oder , was weis ich woher. Man wird diese Leute ganz schwer los, manchmal macht mir das richtige Angst." Es ist schon belastend, sagte ich ihr, ich gebe ihnen mal einen guten Rat, aber bitte nicht böse sein, aber das hilft. Wenn wieder mal so ein Arsch anruft, sagen sie einfach folgendes:
„Entschuldigen sie bitte, aber könnten sie

noch einmal in einer viertel Stunde anrufen, wir ficken gerade. Das hat bei mir geholfen, ich habe Ruhe." Jetzt dachte ich mein gegenüber wird verrückt vor Lachen. Natürlich mache ich das, dann denkt der Anrufer, die Alte ist ja verrückt geworden. Sollen die doch denken was sie wollen." Für den Rest der Fahrt hatten wir noch viel Spaß, und als ich ausstieg trennten wir uns als seien wir Freunde.

Mein großer Junge

Als ich diese Zeilen schreibe, bin ich schon im etwas vorgerückten Alter von weit über 70 angekommen. Dabei hatte ich immer die Meinung vertreten, das der, welcher die 72 erreicht, und in seinem Bett stirbt, eigentlich zufrieden sein kann. Zu meiner eigenen Verwunderung war ich immer noch agil und neugierig auf das Leben. Natürlich spricht man uns Alten die Sehnsucht nach Nähe, Berührung, Sex oder einer erfüllten Liebe, immer wieder ab. Dabei sind Liebe und Sex für mich zwei verschiedene Schuhe, in beiden läuft es sich wunderbar. Fällt beides zusammen, dann beginnt man zu schweben. Unvergessen bleibt für mich ein Tag Ende Juli 2013. So etwas wie ein Schicksalstag für mich. Mein Partner war damals schon schwer krank, wir liebten uns noch wie am ersten Tag vor 44 Jahren. An Sex war natürlich nicht mehr zu denken, seit Jahren nicht. Dafür funktionierte ich rund um die Uhr, musste den Kranken bis vier mal des Nachts drehen, den Rücken mit Kissen auspolstern, damit er lag wo er lag, um ein Wundliegen zu verhindern. Er musste gewindelt werden, und saß im Rollstuhl, schon das fünfte Jahr. Wenn sie nun denken, dass wir unglücklich waren, Fehlanzeige, wir waren glücklich und hatten trotz seiner schweren Behinderung ein erfülltes Leben. Nur eben eingebettet, in einen sehr keuchen Klosteralltag.

Manchmal konnte ich es nicht vermeiden, beim Anblick der vielen gesunden Männer, ein unheimliches Verlangen zu verspüren. Ich wollte gern, wenigstens einmal für

Stunden, aus diesem Mönchsdasein ausbrechen, wenigstens hin und wieder. Dazu nutzte ich die Tage an denen mein Klaus im Krankenhaus lag, und das war in der Regel so vier mal im Jahr. An den ersten freien Tagen konnte ich es noch nicht überwinden weg zu gehen, Schamgefühl überkam mich, und ich kam mir billig vor. Ich war doch keine geile Ziege die man brünstig meckernd, auf dem Leiterwagen zum stinkendem Bock fuhr.

Dann kam dieser wunderbare laue Sommerabend im Juli, an dem ich beschloss, nach dem Krankenhaus nicht nach Hause zu gehen. Ich wollte im Freien sitzend, ohne den Alltagsstress zu Abend essen, ein Bierchen genießen, und einfach mal Entspannen. Heute sagt man Schillen dazu.

Im Garten eines mir bekannten Lokals nahm ich Platz. War Anfangs noch allein, bis sich die Plätze langsam füllten. Ein älterer Herr, den ich flüchtig kannte kam in Begleitung eines hübschen Bengels daher, und ich freute mich als Beide an meinem Tisch platz nahmen. Der Alte war nett, und auch nicht Maulfaul, wir kannten uns flüchtig. Der Junge war ein Adonis, mit blondem, kurzen Haar. Sein Gang war federnd und leicht, seine Augen hatten etwas verworfenes, freches, und dazu noch himmelblau. Mehr geht nicht, dachte ich. Der Mund war edel geformt. An dem Kerl stimmte einfach alles. Was da ein meinem Tisch saß, war ein Wunder der Natur, eine Staatskarosse. Leider Sprach der Schönling nur wenig. Sah er zu mir herüber durchbohrte er mit seinem Blicken mein

Herz, und lies mich fühlen, was ich schon seit Ewigkeiten nicht mehr erlebt hatte. Ich begann vor Sehnsucht nach ihm, zu zittern. Bekam schweißnasse Hände, und musste mich am Stuhl festhalten, um ihm nicht um den Hals zu fallen. Ich saß gebannt wie das Kaninchen vor der Schlange, was er natürlich längst bemerkt hatte. Er legte es darauf an, unbemerkt von seinem Begleiter, mich regelrecht zu quälen. Er hatte die Hände des David, von Michel Angelo. Was saß da neben mir? Er lächelte unverschämt, war er der leibhaftige Teufel, oder das Glück, ich wusste es nicht. Als sich der Abend dem Ende neigte forderte der Alte den Jungen auf doch dessen Telefonnummer aufzuschreiben, damit wir zwei Alten uns in Zukunft mal anrufen könnten. Der Junge schrieb die Nummer umständlich lange auf den Bierdeckel und reichte mir diesen, mit einem eigenartigen herausfordernden Gesichtsausdruck.

Daheim konnte ich mein Glück kaum fassen, dieser Adonis hieß Mario und hatte auch seine Handy -Nummer auf dem Bierdeckel hinterlassen.

Natürlich rief ich sofort bei ihm an. Schon am nächsten Tag trafen wir uns, nur diesmal allein. Er war äußerst pünktlich, was mich beeindruckte. Ganz in weiß, was seine Traumfigur noch so recht zur Geltung brachte, kam er mir lächelnd, und selbstbewusst, entgegen. Ich stand vor Glück in Flammen. Heute sprach er locker darauf los, war ungehemmt, einfach so, wie der Junge von nebenan. Was wir am Ende des Abends erlebten, war keine Liebe, es war der blanke Wahnsinn. Wir krochen uns unter die

Haut, schafften uns mit der Zunge ins Bett. Es gab kein Tabu, alles war erlaubt, seine Haut war zart und fest, ein Gott, den man einfach begehren musste. Und dann, plötzlich, war es passiert, ich war verrückt nach ihm, auch unsterblich verliebt, in diese blauen Augen. Davor hatte ich Angst, das war nicht gewollt. Als er nach zwei Tagen ging, brach eine Welt in mir zusammen, würden wir uns wiedersehen?

Er wohnte in einer festen Beziehung in einer Kleinstadt in Bayern, war gerade mal 23 Jahre alt. Was für ein gefährlicher, aber herzerfrischender Kerl. Er versprach beim Abschied, wir würden uns bald Wiedersehen. Ich hatte ihm natürlich fast unbemerkt einige Scheinchen in die Tasche gesteckt, so als Wiedergutmachung. Es war doch nicht alltäglich, dass sich zwei , am Anfang und

Ende des Lebens stehende Menschen, ohne jedes Tabu trafen. Ich würde ja auch nicht mit mir ins Bett gehen. Verlangt hatte er nichts, auch keine Anspielung gemacht.
Wir waren uns, ohne es auszusprechen, längst darüber im Klaren, er gab seine Jugend, und ich mein Geld. Was war daran schlecht? Wir ergänzten uns wunderbar. Jeder trug seinen Teil zum Glück bei. Im übertragenem Sinn hatte ich die Wahl, für wenig Geld meinen Morgenkaffe billig aus einem Tontopf schlürfen zu dürfen, oder stolz im gehobenem Ambiente, eine Meissner Porzellantasse zum Mund zu führen. Das ist eine Frage der Einstellung, wofür hatte ich ein Leben lang gearbeitet, und tat es jetzt noch rund um die Uhr? Das Geld welches ich in dieses Spiel einbrachte, sparte ich an Pillen in der Apotheke. Dieser Jungbrunnen

ist durch nichts zu ersetzen, man muss es ja nicht Jedem gleich erzählen, obwohl es sich doch Jeder heimlich unter der Bettdecke wünscht, aber ansonsten weit von sich weist.

Es ist doch schön, ein kleines Geheimnis zu haben, und sich dabei auch noch etwas selbst zu belügen. Etwas im Kopf zurecht zu rücken, bleibt immer. Wir sind nun mal sehr oft sehr brüte, von den Eltern erzogen, bei denen bei der schönsten Sache der Welt das Licht gelöscht wurde. Eine grausame Welt. Der Alltag holte mich ein, ich pflegte nun wieder wie seit Jahren, meinen Partner, war ausgelastet und zufrieden, und voller Spannung, in der Hoffnung auf ein neuerliches kleines Abenteuer.

Meine Gedanken weilten oft bei ihm, tausend unausgesprochenen Fragen quälten mich, diese zu stellen, konnte alles beenden, das wusste ich.

Eines Morgens sagte mein Kranker mit verzweifelter Stimme zu mir: "Wäre ich bloß diese Nacht verreckt, dann könntest Du noch etwas aus Deinem Leben machen, wie schaffst Du es eigentlich, immer nur für mich da zu sein, rund um die Uhr, und täglich in der Scheiße herum zu rühren?" Unter Tränen sagte ich ihm, das ich es gern tue, was auch stimmte.

Als er Krank wurde sagte die Oberärztin, das es zu oft vorkommt, das einer der Partner den Anderen, aus Angst der Aufgabe, oder den Entbehrungen nicht gewachsen zu sein, verlässt. All zu oft ist aber auch der blanke Egoismus im Spiel. Um ihm Sicherheit zu geben heirateten wir, was ich nie bereut habe. Das Beste was man im Leben erfahren kann, ist doch die Tatsache, das Jemand auf einen wartet, das man gebraucht wird. Ein wunderbares Gefühl, so schön wie früher im Arbeitsleben, der Feierabend. Verantwortung für einander übernehmen, was gibt es ehrenhafteres im Leben?

Langsam wurde mir klar, ich begehrte meinen Adonis, hatte Angst davor ihn immer mehr zu lieben, wollte ihn aber um Gottes Willen auch nicht verlieren. Ich brauchte ihn, genoss die gelegentlichen Treffs, fügte meinem Leben Glücksmomente hinzu und fand mich damit ab, dass man im Leben nichts geschenkt bekommt. Er war Medizin für mich, der freche Macho. Wir trafen uns gelegentlich, waren glücklich, und trennten uns frohen Herzens auf Zeit. Damit konnten wir beide Leben.

Dann kam der zu erwartende Trauerfall, ich fiel in ein tiefes Loch war verzweifelt, es war unvorstellbar schlimm, plötzlich nutzlos, allein zu sein. Keine Aufgabe mehr, man konnte Niemanden mehr trösten. Das Leben war plötzlich sinnlos, ich stand neben mir, und war wieder frei, aber so grenzenlos allein.

Ich vergesse nicht das Bild wie sie meinen Partner aus der Wohnung trugen, ich an der Haustür stand, und er an mir vorbei gefahren wurde. Ich winkte ihm unter Tränen nach, bis der Leichenwagen im Verkehrsgewühl meinen Augen entschwand. Ein Abschied für immer, nicht zu begreifen. Es war schrecklich, nach 45 Jahren plötzlich allein, leer und wie zugeschnürt zu sein.

Bis ich einen Anruf erhielt, mein Adonis sagte mir, dass er mich wiedersehen will. Endlich wartete wieder jemand auf mich, ich fuhr hin, er stand schon am Bahnhof als ich ankam. Da stand er, dieser Sex- Affe mit dem wohlgeformten Mund, den schönen Händen und in einer Hose, welche alles versprach, aber nichts verriet. Wir gingen zu ihm nach Hause, seine Geliebte arbeitete im Schichtsystem, also hatten wir Zeit. Die Wohnung war unaufgeräumt, dreckig, es roch nach Katzenscheiße, von denen gleich drei auf den herum liegenden Wäschebergen lagen. Eine war ganz klein, und süß. „Das ist meine Katze", sagte er, indem er die Kleine liebevoll in die Arme nahm.

Aber dann ging es in die Betten, da sowieso alles nicht keimfrei war, fielen wir gleich ohne die Schuhe aus zu ziehen, über einander her. Alle meine Sorgen waren für einen Moment vergessen, ich blühte auf, und wusste das Leben geht weiter. Sollte ich einsam, verzweifelt und nutzlos auf dem Balkon sitzen, und mit verheultem Blick mein Geld zählen. Niemals.

Mein Leben war überschaubar geworden, meine Beerdigung neben meinem Verstorbenen war bezahlt, und mein Name stand auch schon neben dem Seinen, in bronzenen Buchstaben. Einige schauderte bei dem Anblick, ich hingegen fand es gut zu wissen, wo und neben wem ich die letzte Ruhe finden würde.

Alles war geregelt, nur der Rest meines Lebens war ein immer wieder in Tränen gehülltes Chaos. Selbst wenn ich einen Rollstuhl sah, begann ich zu heulen. Überall und immer wurde ich an 45 Jahre glückliche Gemeinsamkeit erinnert. Am schlimmsten war es an Tagen die sich wiederholten, so auch an meinem Geburtstag, als wir noch vor einem Jahr in der Wüste in Israel waren. Ich bekam mich einfach nicht in den Griff. Weder Musik, noch Fernsehen, kein Buch konnte mich erfreuen. Nur dieser Kerl, gab mir für Momente, Selbstvertrauen und Lebensfreude zurück. Aber der war weit weg, und gebunden. Ich wollte ja auch Niemanden mit meinen Problemen belasten. Ich musste die Trauer irgendwie selbst überwinden, nur wie stand noch in den Sternen, ich litt an der Einsamkeit wie ein Hund.

Dann kam der erlösende Anruf, bin wieder daheim bei meinen Eltern, wir können uns sehen.

Also die große Liebe in Bayern, war dahin, die zweite, seit wir uns kannten. Er stand wieder einmal mittellos da, seine Arbeit war er ebenfalls los. Nun sage noch Einer, dass es die hübschen und attraktiven Menschen im Leben leichter haben. Wohl nicht, sie werden begehrt und fallen gelassen, wie eine heiße Kartoffel.

Er war, wie ich wusste, ein Scheidungskind. Gerade diese, schleppen oft einen Rucksack schlimmer Erinnerungen mit sich herum. Den sie schwer, wieder los werden, er füllt sich im laufe der Jahre eher noch. Zuviel hat ihre junge Seele verletzt, was aber keinen interessiert. Scheidungskinder sind die großen Verlierer unserer modernen Zeit. Schauen sie mal genauer hin.

Also verabredeten wir uns, bei mir zu Hause, ich muss gestehen, nicht das Erste mal, er war auch schon da, als Klaus noch lebte. Natürlich geschah das ohne dessen Wissen.

Ehe wir uns versahen wohnte er bei mir. Er brachte mir am 25.04. 2014 das kleine Kätzchen was er ja so liebte, ins Haus.

Stellte mit Ihr, alles dazugehörige ins Bad, einschließlich dem Katzenklo. Dann verschwand er für zwei Tage, angeblich hatte seine Oma Geburtstag. Mein Bauch sagte mir, das es eine Lüge war, aber mein Kopf wollte es nicht wahrnehmen.

Was sollte ich mit dem Katzenvieh, ich mochte Katzen nicht. Trotzdem tat mir das arme Tier leid. In der Nacht kam sie in mein Bett, schnurrte leise, legte sich dicht an meinem Kopf zum schlafen. Das arme Geschöpf war mir ja völlig ausgeliefert, was würde ich wohl tun? Ich wusste es selbst noch nicht. Als ich das Bett verlies, war sie weg, im Bad fand ich sie auf ihrem Katzenklo sitzend, wieder. Das hatte ich nicht erwartet, sauber war der kleine Kobold, toll. Wir frühstückten gemeinsam, so als wären wir schon immer zusammen. In meinem Kopf kreiste alles nur noch darum was ich tun sollte, gab ich sie weg, und Mario kam zurück, würde er bestimmt ärgerlich reagieren. Seinen Liebling einfach in ein Tierheim geben, durfte ich das überhaupt. Es war zum verrückt werden.

Am Mittag rief ich ein Taxi fuhr mit dem Tier in das nächste Heim: Tiere in Not, gab die Katze mit gesamten Zubehör dort ab, und unterschrieb, das diese Abgabe nicht rückgängig zu machen war. Mir war elend bei dem Gedanken was Mario wohl zu meinem selbstherrlichen Handeln sagen würde. Als Trost für ihn, fotografierte ich sein Lieblingstier noch. Ein schönes, fast herzzerreißendes Bild.

Als er später freudig bei mir auftauchte, erzählte er mir eine Geschichte, welche ich gar nicht hören wollte, war sowieso gelogen.

Wir gingen zur Tagesordnung über, er legte sich auf das Sofa, zog seine Strümpfe aus, befahl mir, mich zu ihm zu setzen. Ich setzte mich zu ihm. Er legte seine Beine in meinen Schoss, ich begann seine nackten Füße zu massieren, was er mit geschlossen Augen leise stöhnend genoss. Ich öffnete vorsichtig seine Hose, und schon vielen wir übereinander her, wie wilde Tiere. Vergessen waren all seine Lügenmärchen, nur noch Glück erfüllte den Raum.

Beim Abendbrot, hielt ich es nicht mehr aus, wieso fragte er nicht nach seinem Kätzchen, ich sagte wie beiläufig: „Dein Kätzchen habe ich im Tierheim abgegeben." Er sah mich an, lächelte und sagte:" Den Transportbehälter etwa auch, der gehört meinem Vater." Ich war entsetzt, es lief mir kalt den Rücken herunter, was war dass für ein kalter Hund, den ich immer mehr zu lieben begann.

   Da ich nach dem Tot meines Partners, nicht wusste ob ich ausziehen sollte, oder zurück nach Dresden gehen wollte, sollte vorerst in der Wohnung einiges verändert werden, die Erinnerungen waren zu erdrückend, ich brauchte Tapetenwechsel. Seine Meinung dazu war: „Du bleibst hier, die Wohnung ist toll, wir werden sie gemeinsam verändern." Es gefiel mir, das er nicht über die Bilder meines Verstorbenen, Anspielungen machte, er akzeptierte meine tiefe Trauer, und hatte auch nichts dagegen wenn ich viel zu oft auf den Friedhof ging.
Das gefiel mir, irgendwie war er wie mein Verstorbener, er nahm mich wie ich war, versuchte nicht mich zu verändern, und über

man Alter machte er keine dummen Witze. Das tat gut.

Nur von seinem Vater, bei dem er ja eigentlich im Haus eine Wohnung hatte, und dort polizeilich gemeldet war, kam eines Tages ein Video auf sein Handy. Es zeigte eine geile Alte, die wie verrückt zwischen jungen Kerlen tanzte. Er gab es mir. Ich sagte mit verzerrtem Lächeln: „Das ist eine Anspielung auf mich." Als ich ihn einmal danach fragte, ob er auf das Video geantwortet habe, gab er mir zu verstehen, dass er auf solchen Dreck niemals antwortet.

Da er ja nun bei mir eingezogen war, und sofort Arbeit fand, stand ich stand früh ¾ 4 auf, machte sein Frühstück, die Arbeitsbrote, immer mit einer kleinen Zugabe als Überraschung. Er verbrachte diese Zeit im Bad, erschien dann wie der" Junge Morgen

„am Frühstückstisch. Wir tranken in Ruhe Kaffe, dann fuhr er auf Arbeit, nicht ohne mir noch einmal zum Abschied herauf zu winken, wenn er sich auf sein Fahrrad schwang. Das waren unbezahlbare Augenblicke, er hob mich über die Schwelle meiner unendlichen Trauer, und gab meinem Leben wieder einen Sinn. Nach all den schweren Jahren, als ich mit den Kräften am Ende war, fühlte ich mich wieder stark.

Den Schlager: Verliebt heißt neu geboren sein, spielte ich jetzt sehr oft. Ich fühlte mich nicht mehr ausgebrannt, hatte keine Schmerzen mehr, mein Blutdruck, war wieder in Ordnung. Ich wurde gebraucht, das versetzte Berge. Mein Leben kam durch ihn wieder in einen geregelten Gang.

Manchmal wenn ich spät vom Friedhof kam, musste ich sofort am Tisch Platz nehmen,

dann setzte er mir das von ihm allein bereitete Abendbrot vor, und bediente mich voller Stolz. Das waren Glücksmomente. Einmal stellte er ein Bild unseres Frühstückstisches ins Internet, damit es alle sehen konnten, wie gut es uns ging.
Er sagte mit einem ehrlichem Lächeln: „Noch nie in meinem Leben, stand Jemand so früh auf, um mir das Frühstück zu bereiten, wie Du." Ich war zu Tränen gerührt.

So war er. Er räumte die Wohnung gründlich um. Wenn er auf Arbeit war, hatte ich den Befehl die alten Tapeten von der Wand zu ziehen. Dann kam er, und arbeitete wie ein Verrückter. Bald waren neue moderne Gardinen am Fenster, die Wände neu gestrichen. Die Essecke war ein Denkmal, was er sich setzte. Ich hatte einen türkiesfarbenen Sessel gekauft, um neben den weißen Ledersofas etwas Farbe in die Wohnung zu bekommen. Er wünschte noch so einen Sessel für sich, der sofort im Internet bestellt wurde. Lieferzeit zehn Wochen.

Die Essecke entstand in türkiesfarbenen Untergrund, mit sich darin kreuzenden senkrechten weißen breiten Streifen. Nicht nur ich war davon begeistert. Selbst die Hausleute, welche zuerst über den jungen Kerl bei mir die Nase gerümpft hatten, waren von seiner Frische, Natürlichkeit und seinem Geschick angetan. Mein Glück kannte keine Grenzen zumal er mir noch beiläufig wissen lies, das er nicht heiraten würde. Ich gestand ihm zu, wenn ein begehrenswertes junges Wesen seinen Weg kreuzte, ich weder Zicken noch klammern würde, wir würden eine Lösung finden. Er war in keiner Weise an mich gekettet.

  So hatte es sich ergeben, das ich in der Annahme lebte, dass er bis zu meinem Tode bei mir bliebe, mich beerbte und vielleicht, noch vor seinem 30. Lebensjahr sich mit der Frau seines Lebens ins gemachte Nest setzen konnte. Mein Leben war überschaubar geworden, und er konnte aus einem sicheren Hafen heraus agieren, zumal er keine Schulden mehr hatte, und das waren nicht Wenige. Diese waren von mir längst bezahlt. Ich tat es gern, da ich doch nichts mitnehmen konnte. So war ich glücklich, diesem Naturtalent, einfach zu einem neuen Start ins Leben zu Verhelfen. Diesmal jedoch, mit einer ausgeglichenem, unverwundeten Seele. Nicht mit der arg gebeutelten Seele des Scheidungskindes. Es gab mir zu denken, dass er nie von seiner Mutter sprach. Der Vater war ein Spötter, ohne zu helfen. Die Mutter hatte sich aus dem Staube gemacht. Wer half ihn, das Lebens zu meistern. Jedes Tier lernt von seinen Eltern, und der Gruppe. Allein gestellt sind die Chancen eines Menschen nicht gerade Erfolg versprechend. Ohne Liebe zu empfangen, wird es auch schwer Liebe zu geben, wen wundert es.

Eines Tages kaufte er ein gebrauchtes Auto, einen Klapperkasten, wobei ich ihm schon gesagt hatte, dass, wenn er den Schlitten loswerden will, ich ihm schon einen Golf im Autohaus ausgesucht hatte. Er sah sich den VW im Internet an, wollte aber den Alten neu aufbauen. Wir bestellten feines weißes Safranleder für den Innenausbau, ein neuer Auspuff musste her, Lack in

verschiedenen Variationen, Geld spielte keine Rolle, ich zahlte ja. Nun war alles da, die alte Kiste stand in der Tiefgarage.
Zur Sicherheit fragte ich ihn, ob er einen Führerschein besitzt. Aber natürlich, wie konnte ich so etwas fragen. Trotzdem hatte ich ein eigenartiges Bauchgefühl, was mich selten täuschte.
Ob wir an den bevorstehenden Feiertagen, etwas gemeinsam unternehmen würden, war nicht klar, ich lebte von Überraschungen. Wenn er dann irgendwann auftauchte, wurde ich mit gutem, nie gekannten Sex belohnt. So war jetzt mein Leben, Lüge nichts als Lügen, es zu ändern undenkbar.
Zu Pfingsten nach dem Essen, ging ich kurz zu einer Nachbarin, in der Zeit wollte er sich mit einem alten Freund, nur kurz, am Bus treffen.

Wir verließen gemeinsam die Wohnung, als ich zurück kam, und die Wohnstube betrat, hätte ich fast einen Herzschlag bekommen, vor mir stand ein riesiger schwarzer Hund, groß wie ein Kalb. Ein kleines junges Ding saß mit Mario auf meinem weißen Ledersofa, sie drehten mit den Rücken zu, und tranken recht angetan meinen Kognak, noch dazu aus meinen teuersten Gläsern. Mario trank sonst keinen Alkohol, was war hier los?
„Will mich mal jemand von diesem Ungeheuer befreien," sagte ich leise, um die Bestie nicht zu erschrecken. Sie beorderte das Ungeheuer zurück. Ich betrat den Raum und setzte mich den Beiden gegenüber. Die Dame wurde mir nicht vorgestellt, sie saß mit gekreuzten Beinen auf meinem Sofa, was ich überhaupt nicht leiden konnte. Die Strümpfe die sie trug, waren alte dreckige graue

Männersocken, dazu eine graue Trainingshose, darüber einen viel zu großen schwarzen Pullover, alles aus dem Lumpensack, dachte ich. Sie waren sehr intim, über was sie sprachen, will ich hier lieber verschweigen. Wenn der dieses junge, verdreckte, dickliche Weib fickt, dachte ich mir, kannst du nur mit dem Kopf schütteln. Gosse vom Feinsten, unterste Schublade in mir kam es hoch, ich warf sie einfach raus, mit samten Höllenkalb.

Die Folge, Mario blieb verschwunden.

Was mir in dieser Zeit durch den Kopf ging, war die schreckliche Wahrheit, die ich nicht registrieren wollte, die ich immer wieder verdrängte. Ich war für ihn das Letzte, was ausgenommen wurde wie eine Weihnachtsgans. Wieso schmiss ich dieses Miststück nicht einfach raus. Verlangte meine

Wohnungsschlüssel zurück. Das wäre das Beste. Hatte ich den keine Ehre mehr im Leibe. Hatte ich das nötig? War ich zur Marionette verkommen? Wahrscheinlich. Eines aber, bekam in meinem Kopf immer wieder die Oberhand, lieber etwas Mario, als gar kein Mario. Sollte ich wieder allein auf dem Balkon sitzen, mit leerem Blick in die Ferne schauen, und erleiden wie sich ein sinnloser Tag langsam ohne Ende dahin schlich. Ich konnte es Drehen und wenden, wie ich wollte, eine Lösung fand ich nicht.

Seit Tagen lagen mir meine Bekannten in den Ohren: "Schmeiß, den Kerl raus, der nimmt Dich nur aus, wie blöd bist Du".

Also wartete ich geduldig, landete wieder in seinen herrlichen muskulösen Armen mit der zarten Haut, eines Kinderpopos. Es wurde mir langsam klar, ich war ihm hörig. So etwas hätte ich früher weit von mir geschoben, heute wurde mir diese Ungeheuerlichkeit des eigenen Versagens langsam zur Gewissheit. Ich handelte wie im Vollrausch merkte, dass ich einen Fehler beging, war aber nicht in der Lage dagegen an zu gehen. Ich lies alles geschehen, und erahnte worin das Ende bestand.

Der Freitag kam, ein schönes Wochenende sollte es für uns beide werden, so hatten wir es uns vorgenommen. Wir saßen am Kaffeetisch, er hatte wie immer sein Handy in Betrieb, schrieb, ging aus dem Zimmer, telefonierte. Ich kannte es nicht anders. Ebenso erlebte ich es ja auch ständig im Bus oder Straßenbahn, die Jugend schaute nicht mehr zum Fenster hinaus, und sah die Bäume blühen, sie klotzten immer nur auf ihren kleinen Bildschirm, und ließen die

Finger tanzen. Dann verschwand das Ding in der Hosentasche, was ja für die Spermien auch nicht gerade zuträglich ist, um dann nach wenigen Minuten, wieder heraus geholt zu werden. Immer in der Hoffnung eine Nachricht zu empfangen. Das nervte gewaltig, aber es würde wohl in Zukunft nicht besser werden.

Er kam zurück, und sagte mir, dass sein Bruder heute Abend gegen 19 Uhr mit dem Umzug nach Dresden beginnt, und er dabei helfen müsse. Im übrigen habe sein Bruder mit 19 Jahren ein besseres Einkommen als ich mit meiner Rente, auch seien seine Möbel wahrscheinlich teurer als meine. Er müsse so spät umziehen, da er die Fahrerlaubnis noch nicht so lange habe, und so dem dicken Verkehr auf der Autobahn entgehen wollte. Auf dieses Märchen, und

den übrigen Blödsinn ging ich gar nicht ein, ich lies ihn schweren Herzens ziehen. Er schrieb mir eine SMS am nächsten Tag, dass sie noch mal nach Dresden müssten, da noch eine Ladung zu fahren sei.
Endlich am Montag früh kam er zurück, fuhr gleich mit dem Taxi auf Arbeit, und schämte sich nicht, als ich ihn auf seinen Hals voller Knutschflecke aufmerksam machte.

So etwas muss man erst einmal überstehen, immer das Bild des dicklichen Mädchens auf meinem Sofa vor Augen. Ich konnte gar nicht so viel Essen, wie ich Kotzen wollte. Hau ihn raus brüllte unablässig meine innere Stimme. Aber du Rindvieh liebst ihn doch sagte mein Herz. Und es lief alles so weiter wie gehabt, seine herrlich blauen Augen sein lockerer Gang, der kleine Kugelarsch, alles war der blanke

Wahnsinn, und lies mich alle Schmach vergessen.

Ich hatte ihn neben einem neuen Computer, Schuhen, und Hosen, auch schon eine pfundschwere Königskette im Internet bestellt. Die Kette sollte sein Weihnachten sein. Als sie kam, hatte ich nichts dagegen, dass er sie sofort trug. Er war stolz wie ein Gockel, was mir auch gut tat. Ich mochte ihn so wie er war, was gibt es besseres. Oder?

  Die Zeit verging wie im Flug. Es war Sommer geworden, ich bot Mario an, doch seine Ausbildung als Computer- Graphiker fertig zu machen, ich würde es finanzieren. Die bisherigen Prüfungen hatte er alle, mit der Note Eins bestanden. Aber kein Interesse. Er hatte auch schon als Konditor mit Erfolg gearbeitet.

Als wir die große Satellitenschüssel am Balkon anbauten, nahm er dem Monteur das Werkzeug aus der Hand, und bohrte ruck zuck, ein riesiges Loch durch den Beton in die Wand. Es war toll ihn so zu sehen. Er konnte alles, hatte Geschmack und Geschick, aber führte nichts zu Ende. Ein Scheidungskind eben, meine Erklärung , die vielleicht nicht wissenschaftlich erwiesen ist, aber die viele Menschen mit mir teilen. Das Auto stand immer noch wie es stand, in der Tiefgarage, es fraß ja auch kein Brot. Das er keinen Führerschein besaß, erfuhr ich später. Er knaubelte auch ständig an seinen Fingernägeln, was ich übersah, obwohl es mich ärgerte. Ich hatte ihn so kennen gelernt, wieso sollte ich ihn verändern. Ich bemerkte auch zu meinem Entsetzen, das er Bürste und Zahnpasta nur benutzte, um seine Kette

zum Glänzen zu bringen. Als ich ihn vor seiner Pleite in Bayern, das letzte mal besuchte, sah ich das er sich am rechten Unterarm voll geritzt hatte, ich sprach ihn darauf an, er zeigte es mir, es war schlimm, er tat mir leid. Was für ein schlimmes Geheimnis lag hinter dieser Selbstverstümmelung verborgen?
Ich war froh geritzt hat er sich, seit er bei mir wohnt noch nicht, darauf war ich stolz, immerhin etwas.
Wenn er mir eine SMS schrieb, dann immer mit hdl am Schluss. Bedeutet : Hab Dich Lieb. Ist das nicht herrlich, es lässt Dich vor Freude in die Luft springen, aber Vorsicht, die alten Knochen. Wenn es dann nicht ehrlich gemeint ist, bleiben nur die Schmerzen. Auch solche Redewendungen wie :"Du bist mir wichtig", sind Balsam für die

Seele, und ich habe es genossen, dies zu empfangen. Wieso muss man denn alles hinterfragen, es bringt doch nur Enttäuschung, und die kommt noch zeitig genug.

Eines Tages sprach ich Mario darauf an, was wir angesichts unseres einjährigen Kennenlernens unternehmen könnten. Eine kleine Feier mit Freunden, oder Verreisen, egal wo hin, er solle sich etwas ausdenken. Ich bemerkte, das er am Handy sehr aktiv wurde, freute mich, vielleicht verbarg sich hinter seinen Aktivitäten eine Überraschung, womit ich recht behalten sollte.

Dann ging alles recht schnell, hals über Kopf fuhren wir los, mit dem Ziel Hameln. Ich kannte das Weser- Bergland schon, und war einverstanden, mit seiner Wahl. Ich wäre auch in die Hölle mit diesem „Miststück" abgerauscht. Es war der 3. Juli 2014 als wir dort an kamen, wohnten im City Hotel, in der Altstadt. Die Fußballweltmeisterschaft war in vollem Gange, das Wetter war traumhaft, das Hotel angenehm, es passte einfach alles. Ich kann mich nicht Erinnern, einmal glücklicher gewesen zu sein. Er ging im Hafenbecken schwimmen, was natürlich nicht erlaubt war, kletterte steile Mauern hoch, das mir fast schlecht wurde, er schien auch glücklich zu sein. Wir gingen Schoppen, fuhren mit dem Dampfer auf der Weser. Des Abends ließen wir uns im Freien bewirten. Genossen den Sommer und die Zweisamkeit, fuhren nach Hessisch –Oldenburg, wo er sich komischer weise gut auskannte. Eine nicht umwerfende Kleinstadt, aber nett. Wichtig war für mich nur, dass wir zusammen sein konnten. Tag und Nacht, mit einem Menschen den man nicht nur liebt, für den man auch so etwas wie Verantwortung empfindet. Er stand am Anfang seines Lebens. Hatte alles, mit der selben Leichtigkeit, mit der er Etwas begonnen hatte, wieder fallen lassen. Dabei war er ein Genie, eingesperrt in eine Wundertüte, voller Überraschungen, nicht nur im Bett.

  Ich wollte ihn, voller Verantwortung, unbemerkt in die richtige Richtung lenken, damit er dann, wenn es mich nicht mehr geben würde, seinen Mann stehen konnte. Ich war wie besessen davon, ihm einen Start ins Leben zu ermöglichen, von dem Andere nur träumten. Er wusste, dass ich ihn an der langen Leine lies, trotz unserer Verbindung konnte er sich völlig frei fühlen. Was er ja auch Tat. Das Leben bestand für mich nun mal, nur noch aus Kompromissen.

Als wir nach dem Abendessen nach Hause zum Hotel schlenderten, kehrten wir noch zu einem Absacker ein. Wir saßen in einer engen Gasse auf der Straße, ein Abend, angetan um die Seele im Glück zu Baden. Es war an dem Tag bevor wir in diese Kleinstadt fuhren. Er erzählte von einem Mädchen, welches er vor Jahren hier kennen gelernt hatte, und auf der Hochzeit vor 14 Tagen in Sachsen wieder gesehen hatte. Sie würde hier in der Nähe wohnen, er könne sie nicht vergessen. Gern wolle er sie wiedersehen. Jetzt wusste ich weshalb wir hier Urlaub machten. Alle Alarmglocken begannen in mir zu läuten.

Das Bild, welches ihn mit ihr zeigte, hatte er mir nicht vorenthalten. Sie war nicht Fleisch, nicht Fisch, nur eben blut jung, und fürchterlich dürr. Ich hatte dieser Begegnung keine Bedeutung beigemessen. Er würde sich mit ihr ausgetobt haben, damals in Sachsen, dachte ich.

Ich bestellte uns einen großen Hochprozentigen, er trank auch mit, was er sonst nicht sein Ding war. Ich machte noch ein Foto wie er mir zu prostete, allein am Tisch sitzend. War das mein letztes Foto von ihm. In meinem Bauch verspürte ich übelste Krämpfe. Er schien den Schnaps auch zu brauchen.

Wir tranken heute mehr als sonst, vergasen beide die Kleine von der Hochzeit, landeten scheinbar schwerelos im Bett, und ließen uns von der Zweisamkeit überwältigen.

  Es war Sonntag der 6. Juli, als wir von der Hitze gestresst, aus der Kleinstadt zurück kehrten. Erschöpft suchten wir in Hameln einen schattigen Platz zum Kaffee trinken. Es war gegen 15 Uhr, als er mir eröffnete, das er am Dienstag das kleine Mädchen von dem Bild zu sich holen würde, um mit ihr eine Familie zu gründen.

Mich traf ein Blitz. Was mir in diesem Moment den Kopf fast zum zerspringen brachte kann man nicht in Worte fassen. Eigentlich wollte ich Schreien, aber ich blieb stumm, und gefasst.

Mein Körper wurde Schwer wie mit Blei aufgefüllt. Zu nichts mehr fähig, saß ich wie fest genagelt auf dem Stuhl. Ich hörte nur noch wie von Ferne seine Worte: "Wir werden in Sachsen bei der Oma wohnen, bis wir eine Wohnung haben."

„Dann Reise ich Morgen ab," vermied es aber ihn an zu sehen.

Der Brite Huxley, hatte es nur vermutet, ich wusste es jetzt, das hier war die Hölle.

Als ich langsam wieder überlegen konnte sagte ich bewundernswert gefasst: „Ich nehme mir ein Taxi, und werde sehen ob ich noch heute hier weg komme, hilfst Du mir bitte."

Ich gab ihm noch genügend Geld, damit seine neue Liebe nicht all zu enttäuscht sein würde, wenn sie bemerkte wie schlecht es ihm zwischen Daumen und Zeigefinger ging. Hatte er doch seine Arbeit, vor dem Urlaub, auch Hals über Kopf gekündigt, was mir jetzt klar war.

Als wir im Taxi saßen, er hinter mir, bemerkte ich, wie meine Kräfte schwanden. Ich begann zu schluchzen, konnte meine Gefühle nicht in den Griff bekommen, und war einem Nervenzusammenbruch nahe. In mir stieg Scham und Zorn hoch, ich war machtlos, und hätte im Erdboden versinken können. Ich litt und heulte. So hatte ich mir unser "Einjähriges" nicht vorgestellt.

Als wir auf dem Bahnhof standen, wirkte er etwas betreten, war sehr besorgt um mich, druckte mir noch die Fahrtroute aus, wegen dem Schienenersatzverkehr. Brachte mich freundlich und gefasst zur S-Bahn nach Hannover. Noch zweimal kam er zurück, nahm mich liebevoll beim Kopf, und sagte leise mit belegter Stimme:" Nicht böse sein, wir sehen uns wieder, ich bin doch nicht außer der Welt".

Unter Tränen sah ich ihm nach, wie er langsam in die andere Richtung davon ging, als der Zug fuhr. Ich konnte mich bis Leipzig nicht beruhigen, was die Leute dachten, war mir egal. Ich war am Boden zerstört.

Ich fühlte sofort , das ich in Zukunft nicht allein bleiben konnte, aus dem tiefen Loch

der Trauer , hatte mich Mario wunderbar heraus geholt, mich über die Schwelle tiefen Leides getragen, um mich um so tiefer wieder hinab fallen zu lassen. Ich war ihm nicht böse, nur verzweifelt. Ein Leben ohne ihn war für mich undenkbar geworden, dabei war mir doch von Anfang an klar, das unsere Beziehung für Beide keinerlei Zukunft hatte. Sie bestand aus einer Reihe von Glücksmomenten, welche nur ein Kompromiss waren, und keinerlei Zukunft hatten.
Der Alltag hatte mich wieder, lustlos verbrachte ich die folgenden Tage. Ich kochte mir nichts mehr, verschlang Morgens im stehen eine Schnitte trank etwas Wasser dazu, mir einen Kaffee zu kochen, dazu fehlte einfach die Lust. War das ein vergammeltes Leben. Ohne Sinn, und völlig

Interessen los, zwang ich mich, jeden Tag etwas zu erledigen, und wenn es eine Kleinigkeit war. Ich musste mir kleine Ziele zu setzen, um nicht in eine depressive Phase ab zu gleiten.

Es interessierte kein Schwein auf dieser Welt, ob ich des Abends nach Hause kam, was ich trieb, oder ob ich Krank war. Zum Glück hatte ich ja noch mein Grab, den Ort der Trauer und Erinnerung an Zeiten, als noch Jemand auf mich wartete, und mich wirklich liebte.

Vor Weihnachten

Wir hatten bei unserer Rundreise durch das Land ganz vergessen, das es ja mit riesigen Schritten auf das Fest , aller Feste zu ging. In Salvador de Bahia standen wir plötzlich vor einem reich geschmückten Kaufhaus mit einem der größten und schönsten Weihnachtsbäume die ich je gesehen habe. Trotz der kurzen Hosen, und der wunderbaren Sonne kamen so etwas wie Weihnachtsgefühle in mir hoch. Aber um in den Warentempel zu gelangen, mussten wir über eine Brücke laufen, welche die Stadtautobahn überspannte.

Hier oben war allerhand los, gleich am Beginn war Familien-Badetag angesagt. Die Mutter badete ihre Kinder eines nach dem anderen, in einer mitgebrachten Plastikschüssel. Sie hatte Glück das Wasser hatte man offenbar vergessen ab zu stellen, wie ich es bei uns am Hotel ständig erlebte. Kamen wir vom Strand konnten wir vorm Hoteleingang noch ausgiebig duschen, tat dies ein Einheimischer, stellte sich dass Wasser wie von Geisterhand ab. Ich empfand das als diskriminierend, mir taten die Betroffenen, meist Kinder, richtig leid. Aber da kannte die Hotelleitung keine Gnade. Genauso schämte ich mich, das im Hotel, im Schatten der Bäume für uns Ausländer ständig ein Krankenwagen einsatzbereit stand. Nur für uns, unfassbar, aber an diese Dinge mussten wir uns bei aller Liebe zum Land und seinen Menschen , in Brasilien erst gewöhnen. Ebenso an die Auffassung der katholischen Kirche, das jeder Beischlaf dazu dienen muss ein Kind Gottes zu zeugen. Den Gebrauch von Kondomen,, oder wie man Gummischutz auch immer nennen will, lehnt die Kirche ja bis heute ab.

  Kurz vor unserem Besuch war der Papst hier, erhat die unzähligen herrenlosen Kinder genauso gesehen, und kennt ihr Schicksal genau wie wir. Das Herz hätte ihm bluten müssen, aber offenbar war er vom Prunk der ihn umgab und der Sonne zu sehr geblendet. Diese Kinderarmut nicht nur hier , in der ganzen Welt, ja selbst in Berlin, ist eine Schande für alle Menschen, der wir uns langsam mal bewusst werden sollten.

  Aber hier auf der Brücke, dieser Wasserhahn schien ein Geheimtipp zu sein. Beim Weitergehen bemerkten wir allerlei herumlungernde Leute, welche hier oben aus welchen Gründen auch immer, ihren Tag

herum brachten. Man sah, das sie bettelarm waren. Vor mir schlürfte ein junger Kerl nur mit einer grünen alten Turnhose bekleidet über den Asphalt. Er lag flach auf dem Boden und bewegte sich wie ein fremdes Wesen vorwärts, seine Beine hingen nutzlos am Körper und wurden hinterher geschleift. „Der hat Kinderlähmung, der Ärmste," sagte ich zu meinem Freund. Er nickte nur, ich merkte, dass er diesen Anblick kaum ertragen konnte.
„Wenn wir dann zurück kommen, und der Krüppel liegt immer noch hier, bekommt der von mir 50Euro," sagte ich. Worauf mein Kumpel den Kopf schüttelte und sagte : „Tue das nicht, das Geld hat der keine Minute, die schlagen den Tod, das bringt gar nichts."
Wir kamen zurück, ich ging auf den Jungen zu, er versuchte sich etwas zu mir herum zu

drehen, richtete den Oberkörper etwas auf, ich reichte ihm das Geld, und schaute in zwei glückliche Augen. Augen die ich nie vergesse, es waren für mich die Augen Gottes, ich hätte heulen können. Wir beide erlebten einen unbeschreiblichen glücklichen Moment. Ich strich ihm wie ein Vater über den schwarzen Haarschopf und ging davon, ohne mich umzudrehen. Als ich meinen Freund erreichte der alles aus sicherer Entfernung verfolgt hatte sagte er: „Dreh Dich nicht um, der arme Kerl ist sein Geld schon los, aber er lebt noch." „Immerhin ein Trost," sagte ich sarkastisch.

Mir war schlecht, ich hatte so einen unerklärlichen Zorn auf Gott und die Welt. Ich entschuldigte mich bei meinem Freund mit den Worten : „Aber einen Augenblick war er glücklich, hatte viel Geld was ihm gehörte, nur einen Augenblick zwar, aber wir hatten Beide einen Glücksmoment. Und besteht das Leben nicht aus solchen kurzen, kleinen Glücksmomenten?"

Noch sehr oft haben wir uns über dieses Problem unterhalten, und sind zu der Auffassung gekommen, ein Glücksmoment im Leben ist wichtig, aber ohne Nachhaltigkeit, und wenn diese nur einen Augenblick glücklich macht, wird aus der Streicheleinheit, eine Ohrfeige.
Obwohl mir diese Argumentation einleuchtet, bin ich nicht sicher, ob ich es nicht wieder tun würde.

Der Luftballon

Wir hatten uns daran gewöhnt, dass man sich in Spanien sehr spät zum Abendessen begibt, das hat den Vorteil, das man in Ruhe bei angenehmer Temperatur den Tag ausklingen lässt. Bei der Hitze kann sowieso kein Mensch schlafen. Wir hatten gerade im überfüllten Gartenlokal platz genommen, da gesellte sich noch ein Spanisches Ehepaar mit einem kleinen Jungen an unseren Tisch. Man merkte ihnen an, dass sie nicht begeistert waren mit zwei Deutschen zusammen zu hocken. Es war für beide Parteien irgendwie anstrengend, es lag etwas Unausgesprochenes in der Luft, nicht unfreundlich, aber irgendwie war man distanziert.

Der kleine Junge schien von alledem nichts zu merken, er war guter Dinge, lächelte allen freundlich zu, und spielte mit seinem neu erworbenen Luftballon, welcher eine Micky – Maus oder so etwas ähnliches darstellte. Sehr bunt sehr groß das Ganze, an einem langen Faden befestigt, an welchem der Kleine die Figur zu sich heran zog und wieder ein Stück davon fliegen lies. Unwillkürlich schaute man dem Spiel zu, und war mit dem Kleinen entsetzt als sich das Schöne Spielzeug plötzlich selbstständig machte, immer weiter in den Nachthimmel hinein, davon flog. Der Junge saß wie versteinert auf seinem Platz, schaute in seine leere Hand, nichts, schaute noch oben nichts. Seine schöne bunte Figur war auf und davon.

Fast unbemerkt hatte sich mein Freund vom Tisch entfernt, und blieb einige Zeit verschwunden. Das Essen wurde aufgetragen, und er schien ebenfalls davon geflogen zu sein.

Als er wieder auftauchte blitzten zwei schwarze Kinderaugen vor Freude auf, der Deutsche hatte seinen Ballon wieder eingefangen. Er überreichte dem glücklichen Kind sein eben noch davon geflogenes Spielzeug.

Ich war hoch erfreut und stolz auf meinen Freund, der ganz außer Atem war, und sagte: „Ehe ich den Verkäufer fand, musste ich durch die halbe Stadt jagen."

Jetzt waren alle glücklich am Tisch. Und als die Spanier ein leises Grazie vernehmen ließen, lächelten wir uns endlich alle zu.

Gute Reise

Wer freut sich nicht auf eine bevorstehende Reise, ist voller Erwartung, und kann sich Pleiten, Pech und Pannen nur bei den Anderen vorstellen, aber nicht bei sich selbst. Als mein Freund eines Tages den Wunsch äußerte, mit mir nach Brasilien reisen zu wollen, war ich erschrocken, wie sollte das gehen, mit all der Medizin, bei den Temperaturen dort im Land. Seiner Inkontinenz, den vielen unentbehrlichen Sanitärartikeln , bei nur einem Koffer pro Person. Der umfangreiche notwendige Impfschutz, würden wir den vertragen? Und dann noch, er als Schwerstbehinderter in der Rollstuhl. Die Bedenken waren vielseitig fast gewaltig. Als wir im Reisebüro vorstellig wurden, erfuhren wir nur Ablehnung. In so eine Region zu Reisen , mit den Möglichkeiten sich eine ernsthafte Krankheiten einzufangen, nein lieber nicht. Und dann noch mit dem Rollstuhl in unserem Alter, beide um die 75 Jahre, das war doch verrückt. Wer soll ihnen da im Notfall helfen, in so einem unsicherem Land, werden sie höchstens überfallen und ausgeraubt.

  Aber wir wollten die Reise. Hatten wir doch noch Zeit um alles erst einmal im Kopf zu verarbeiten, und alle Vorbereitungen genauestens, ohne etwas außer acht zu lassen, hinter uns zu bringen.

Für den Kranken war es endlich wieder einmal eine positive Herausforderung, er hatte plötzlich ganz andere Sorgen, als seine Leiden.

So sind wir am 10.Dez. 2013 nach 14 Stunden Flug glücklich in Rio gelandet. Was für ein Gefühl. Einen kleinen Schönheitsfehler hatte unsere Reise bis dahin doch. Als wir bei der Einreise zum Schalter der Passkontrolle vorgewinkt wurden, erschien die Crew unserer Maschine , und drängelte sich massiv vor uns. Erst dachte ich die machen Spaß, aber sie waren ernsthaft der Meinung, dass sie den Vortritt vor uns hätten. Das ganze war mir vor den ausländischen Polizisten echt peinlich, ich schämte mich für meine Landsleute, von der Deutschen Fluggesellschaft.
Ansonsten erfuhren wir überall in Brasilien freundliche Hilfe, nicht aufdringlich, aber allgegenwärtig.
  Als wir am nächsten Tag mit dem Rollstuhl überglücklich unter der Jesus-Statue hoch

auf dem Berg ,im Regenwald standen ,und hinunter auf Rio schauten , den Zuckerhut vor uns, wussten wir, hier war die Welt am schönsten . Aller Ärger und alle Boshaftigkeiten dieser Welt waren hier unbedeutend. Dieses zu erleben kann man nicht in Worte fassen. Dieser Ausblick, und der Anblick der Statue, ist zu Stein gewordene Musik.

Alle die uns sahen waren erstaunt, wie wir es hier hoch geschafft hatten, mit Rollstuhl. Sie freuten sich unverblümt mit uns. Es schien als seien sie alle unter diesem schlichten Jesus der aus großer Höhe mit ausgebreiteten Armen auf uns herabschaute, vor Glück verrückt geworden. Da stand ein Jesus in schlichten weiß, ohne eine goldene , in Paris gefertigte Robe. Hier breitete einer die Arme aus, der für Alle, ohne Vorbehalte da war, hier wurde niemand ausgegrenzt. Jeder fühlte sich willkommen, das war einzigartig. Es vielen mir die Worte eines großen Deutschen ein: "Hier bin ich Mensch, hier darf ich sein". Ein unvergessliches Erlebnis. Das Leben hält wenige solcher Augenblicke bereit.

Unsere Reise führte uns fast fünf Wochen durch ein an Erlebnissen reiches Land. Wir sahen die größten Wasserfälle der Welt in Iguassu, wohnten am Rio Negro, fuhren mit kleinen Booten auf dem Amazonas in den Regenwald, wo wir drei Nächte in einer Hütte ohne jeden Luxus schliefen. Wir besuchten die Urwaldoper in Manaus, flogen von hier nach Salvador da Bahia, von da wieder nach Rio, und machten noch etwas Urlaub in dem wunderschönen kleinen Badeort Buzios.

Diese Wahnsinnsreise verlief ohne Zwischenfälle, alles war gut, wir erfuhren immer Hilfe und Unterstützung, so etwas waren wir in Deutschland gar nicht mehr gewöhnt.

Aber auch die schönste Zeit hat einmal ein Ende, und wir saßen freudig in unserem Flugzeug in der Comfor Class für die wir sehr viele € zugezahlt hatten. Ohne diese Erleichterung kann ein Schwerbehinderter keinen zwölf bis vierzehn Stunden Flug ertragen. Wir freuten uns auf zu Hause, hatten einen Nachtflug gebucht, würden am Nachmittag in Frankfurt landen. Dann den Anschlussflug nach Dresden nehmen, dort ins Taxi steigen, was auch schon bezahlt war, und so gegen 16 Uhr, in der Wohnung in Chemnitz sein . Das war gerade noch zu verkraften, aber sehr grenzwertig. An

Gepäck hatten wir gespart, keine unnützen schweren Jacken, die man sowieso nur herum schleppt. Wir hatten für die Übergänge von einem Transportmittel zum anderen, nur eine leichte Strickjacke dabei. Das war erprobt, und gut so.

 In Rio war vor Abflug der Maschine nicht klar, an welchen Terminal unser Fug abgehen würde. Die Maschine aus Deutschland kam mit Verspätung an. Endlich zwei Stunden danach hoben wir ab, man hatte vergessen einen Toilettenwagen in Rio zu bestellen, dann gab es Probleme mit den Papieren, und wenn es schon so anfängt, verheißt das meist nichts Gutes.
Der Fernseher in der teueren Klasse, vor unseren Sitzen war auch kaputt, ein Ärgernis für uns bei der Flugdauer, aber uninteressant für die Flugbegleitung. Als es

Tag wurde und wir in Richtung Europa einflogen, sagte der Kapitän über Funk zu uns, dass es in Frankfurt eine Warteschlange gibt, und er hofft, dass wir als Langstreckenflieger vorgelassen werden, da sonst sein Treibstoff nicht langt. Eine Stunde später gab er bekannt , dass wir nun leider in Köln landen, und wenn alles klappt, mit Bussen nach Frankfurt gefahren werden. Es braucht keiner etwas befürchten, die Anschlussflüge in Frankfurt sind sicher.

Jetzt wurde mir fast schlecht, das bedeutete, das wir mit zwei Koffern einer Reisetasche, einem Rucksack und einer Schnitzerei uns auf den Weg nach Hause nach Chemnitz machen mussten. Bei der Durchsage, das wir in Köln landeten, ging beim Kabinenpersonal nichts mehr, sie waren nur noch mit sich selbst beschäftigt.

Jetzt war sich jeder selbst der Nächste. Zum Glück stand der Rollstuhl wie von Geisterhand vor dem Flugzeug. Die genervte Menschenmenge verlies den Flieger wie eine Herde wilder Affen, darunter Mütter mit Kleinkindern in Sommerkleidung. Alle rannten los zum Gepäckband, und versuchten anschließend den Bus zu erreichen der nach Frankfurt fuhr, wobei niemand wusste wo der oder die Busse standen.

Ich zog es vor, nachdem die Koffer eingetroffen waren, nicht mehr auf die Schnitzerei zu warten, ich würde sie schon irgendwann bekommen. Adresse stand ja drauf. Der Bus war jetzt wichtiger.

Ohne jede Hilfe fanden wir einen Bus, was sich hier abspielte war wie im Krieg. Ich hatte einen Sitzplatz für den

Schwerbehinderten gefunden, jetzt galt es das Gepäck und den Rollstuhl zu verladen. Das war die Hölle in dem Tumult. Plötzlich sah ich, das der Rollstuhl wieder auf der Straße stand und der Fahrer sich weigerte diesen zu verladen. Vielmehr ging er auf den Behinderten im Bus, ergriff ihm am Arm, zerrte ihn vom Sitz und forderte ihn auf den Bus zu verlassen. Was jetzt geschah, erlebte ich wie im Trance. Ich ging dem Busfahrer an die Gurgel, brüllte ihn an, rot vor Wut war ich zu allem bereit. Er gab nach, und verlud den Rollstuhl. Mann karrte uns nach Frankfurt, ob wir wollten, oder nicht, ohne gegessen oder getrunken zu haben.

Als wir völlig auf uns gestellt in Frankfurt ankamen, ging ich erst einmal Erkundigungen einholen, und erfuhr, dass unser Flug vor 30 Minuten nach Dresden raus war. Man sagte mir auch, dass ich nur von Köln eine Chance hätte nach Dresden zu fliegen, auch am nächsten Tag war nichts, von Frankfurt, nur noch von Köln möglich. Ich dachte ich sei soeben verrückt geworden. Was hatte die da gesagt?

Jetzt war ich am Ende, ich hätte alles kurz und klein schlagen können. Mein Mann im Rollstuhl hatte Hunger, nichts zu trinken, aber erst musste ich sehen wie wir hier wegkamen. Es gab noch einen ICE nach Leipzig, aber die Zeit war kurz, also ging die Jagd von neuem los, schnell etwas zu Essen kaufen, zum Austreten war keine Zeit mehr, schnell hinter einen Gepäckwagen auf dem Bahnhof die Notdurft verrichten, jetzt war mir alles egal. Dann eine Riesenschlange am Fahrkartenschalter die sich nicht bewegte.

Ich drängte mit dem Rollstuhl unter Protest nach vorne, die Karte wurde regelrecht erzwungen, nicht ohne laut zu werden. Ab mit zwei Koffern und Rollstuhl in Richtung ICE. Es war inzwischen Finster und wir irrten noch in Frankfurt umher. Völlig entkräftet und frierend saßen wir im Zug. Gott sei Dank hatte ich erste Klasse genommen. Es war kalt, immer wenn das Fahrzeug anhielt, gingen alle Türen auf und die kalte Luft erfüllte die Abteile. Wie im Unterbewusstsein hatte ich im Flugzeug noch schnell eine Decke mitgehen lassen, aber diese reichte nur für Einen, immerhin etwas.

Ein junger Mann der mit der Brasilianischen Fluggesellschaft aus Rio kommend nach Paris umgeleitet wurde, saß unbesorgt mit Handgepäck im Abteil, sein Gepäck würde ihm nachgeliefert. Bis Dresden hatte er freie

Fahrt durch die Brasilianer bekommen, und für Proviant hatten sie auch noch gesorgt. Das Zugpersonal war angewiesen, für die Pariser Fluggäste ein Taxi in Leipzig zu reservieren, und ständig wurden diese Fluggäste aufgerufen sich beim Zugpersonal zu melden. Das war schon erstaunlich für uns, von so einem Service konnten wir nur träumen.

In Leipzig angekommen war es schon nach Mitternacht, es fing an zu schneien, es war ekelhaft nasskalt.

Als wir endlich, mit unseren Koffern, entkräftet auf dem Bahnsteig in Leipzig standen, stellte ich schockiert fest, dass es hier gar keine Gepäckwagen mehr gab. Wie jetzt von dem Bahnsteig die vielen Treppen hinunter kommen, die Fahrstühle waren des Nachts alle abgestellt. Es war zum verzweifeln. Ein runter gekommener Säufer hatte Mitleid, und verriet uns wo im Bahnhofsgebäude versteckt, ein kleiner Fahrstuhl noch in Betrieb war. Dann standen wir endlich am Morgen in der Kälte vor dem Hauptbahnhof im Schneematsch.

Erst das fünfte Taxi war bereit, bei dem Wetter nach Chemnitz zu fahren. So landeten wir mit 12 Stunden Verspätung, mehr tot als lebend in Chemnitz, und hatten zusätzlich 500 € zusätzliche Kosten, um überhaupt, irgend wann zu Hause zulanden. So einen Abschluss einer Traumreise gönnt man seinem ärgsten Feind nicht.

Von der Fluggesellschaft mussten wir auf Anfrage erfahren, das an allem der Schnee in Frankfurt schuld gewesen sei, und sie keinerlei Verpflichtung an einer

Ausgleichszahlung trifft. Heute hat sich die Lage der Fluggäste zum Glück verbessert. Man hatte uns vor Brasilien gewarnt, aber nicht vor dieser Deutschen Fluggesellschaft. Es war nicht die Lufthansa, die Decke von der „Condor" habe ich heute noch.
Na und wie nach alledem zu erwarten, unsere schöne Schnitzerei, welche eine bunte Blumenranke darstellte, welche aus einem Blumentopf empor wuchs, war auch unauffindbar, wie die Fluggesellschaft wissen lies. Das bleibt ein echtes Ärgernis.
Ja, ja der Schnee in Frankfurt

Zum guten Schluss

So provokant, verrückt, ungerecht, oder auch liebenswert unser Leben auch sein mag, es ändert sein Gesicht ständig.

Vor fünfzig Jahren, als ich jung war, hielt unser Leben andere Prämissen als heute bereit. Niemand wäre früher auf die Idee gekommen, die Schule zu schwänzen, die Miete nicht zu zahlen oder einen Partner über den Tisch zu ziehen. Damals konnte man noch ein Schiff mit Handschlag versichern, und Deutsche Qualitätsarbeit, kam aus Deutschland.

Meine Mutter sagte mir, das sie nie auf die Idee gekommen wäre ein Kind abzutreiben, oder gar sich scheiden zu lassen. Man hatte sich gefälligst in seinem Leben ein zu richten.

Das Leben war schon immer ein Kampf, damals unter Goethes Wort:
EDEL SEI DER MENSCH, HILFREICH UND GUT.
In der heutigen Zeit gilt das alles nicht mehr, jeder macht was er will. Hat man gedanklich eine andere Partei gewählt, macht sie am Ende das Gleiche wie ihr Vorgänger. Es ist alles ein großes Schauspiel was geboten wird, leider oft inhaltslos, aber immer mit dem Ziel: Jeder Anstand wird dem Geld untergeordnet.
Über allem steht nun:
Tue nichts Gutes, dann widerfährt Dir nichts Böses.
Ist das nicht verrückt, aber ich habe es selbst erfahren, es stimmt, leider.
Jetzt werden sie mich fragen, wann war denn früher? Ich habe auch überlegen müssen und

behaupte ganz kühn: "Vor der Globalisierung." Selbige ist dann vollzogen, wenn eine Fast Food Kette die Kinder in der ganzen Welt fett füttert, und wir alle nur noch die Getränke einer Firma, weltweit trinken. Jetzt werden sie mich gleich fragen, wann denn die Deutsche Einheit vollzogen ist, diese Frage hat ein Kabarettist aus Dresden beantwortet: „ Nämlich dann, wenn der letzte Ostdeutsche aus dem Grundbuch gestrichen ist. Diese Meinung durfte er nach der Wende nicht öffentlich machen.

Hier noch ein Kommentar, den ein Deutscher „Grüner Politiker" abgab, als die DDR der Bundesrepublik beitrat.

Er wurde gefragt worin der Unterschied zwischen einem Sachsen und einem Türken bestünde. Seine überhebliche Antwort:

„DER TÜRKE HAT ARBEIT UND KANN DEUTSCH ."

Was soll man dazu sagen, kann ja sein , das er mal nur witzig sein wollte. Für mich war es eine Beleidigung, und die hakelte es zu oft von allen Seiten, das ich mir damals wünschte, wir hätten uns mit den Böhmischen oder Polen zusammen getan, dann wäre uns manche Ehrabschneidung erspart geblieben.

Immerhin bekamen wir die Deutsche Leitkultur übergestülpt, wir im Osten hatten ja keine.

Die uns besuchten, staunten nicht schlecht, als wir ihnen verrieten: "Stellt Euch vor wir haben sogar Kühlschränke."

Aber was kommt nach der Globalisierung die uns ja erhalten bleibt, was baut sich da parallel auf ?

Völlig unumgänglich wird die Digitalisierung unser Leben beherrschen. Mit riesigem Nutzen, aber auch mit heute noch nicht voraussehbaren Risiken. Das Schlimme an dieser Entwicklung ist, das sich dieser Umwälzung keiner entziehen kann.
Über jeden Menschen, ja jedes Lebewesen kann in kürzester Zeit, ein Datenabruf erfolgen, der ihn völlig nackt da stehen lässt, ohne dass er die geringste Ahnung davon hat,

   Vor einem möchte ich noch warnen. Nach dem 2. Weltkrieg waren sich Alle einig, dieses sinnlose Abschlachten von Menschen und zerstören von unwiederbringlichen Naturgütern, und Kunstdenkmälern muss ein Ende haben, für immer.
Was ist passierte. Nichts. Das Gegenteil ist der Fall, immer wenn es um seltene Erden,

Diamanten, Gold und Erdöl geht, dann hat das Kapital kein Schamgefühl mehr. Es geht nur noch um Geld und Macht, wie viele dabei verrecken, interessiert tatsächlich immer noch nicht.

Bisher hat sich immer einer gefunden, der den ganzen Schwindel mit einem Heiligenschein versah, und gesund betete.

Das Schlimmste aber ist. Was erfunden wird, wird auch angewendet.

Also passen wir auf , und beginnen wir zu hinterfragen.

So lieber Leser nach diesen Luftsprüngen die nur meine Meinung sind, habe ich noch eine kleine Überraschung für sie:

Ich kann auch romantisch sein, und dazu eine Kostprobe über eine Jahreszeit, welche so recht zu meinem hohen Alter passt.

OKTOBERMORGEN

Ich halte die letzten Rosen in der schon frierenden Hand.
Sehe den glitzernden, kalten Reif, im aufsteigenden Licht.
So geht sie dahin die Zeit, gleich dem Glück einer Nacht.
Unaufhaltsam und schweigend, verlässt sie die goldene Pracht.
Herbst wie schön du doch bist, geh langsam, recht langsam, hinüber in die lange Winternacht.

Danke, dass sie mir solange zugehört haben.

Ein Wort an die Leser:

Wenn Ihnen das Gelesene ein wenig gefallen hat, dann schauen sie sich doch mal meinen Roman an:

„Ich verspreche Ihnen viel Freude beim eintauchen in eine für die meisten Menschen verschlossene Welt.

Selbst Kritiker die ihn nicht mochten, haben diesen Roman bis zum Ende gelesen."

Immerhin.....

Vielen Dank Herrn Reinhold

Für das überlassene Bild: Katze Luna

Noch ein Spruch der nach der Wende an der Mauer des Arbeitsamtes in Chemnitz zu lesen war:

Arbeitslos, und Büchsenbier!
Helmut Kohl, wir danken Dir.

(Beides war bis dahin in der DDR unbekannt)